JN001554

死にたいけど
トッポッキは食べたい

ペク・セヒ

山口ミル 訳

죽고 싶지만 떡볶이는 먹고 싶어
I want to die but I want to eat Tteok-bokki
by Baek Se Hee
Copyright ©2018, Baek Se Hee
All rights reserved.
Original Korean edition published by HEUN Publishing.
Japanese translation rights arranged with HEUN Publishing through BC Agency.
Japanese edition copyright ©2020 by Kobunsha Co., Ltd.

暗い面をさらけ出すのは、
私が自由になる一つの方法だ。
これも、また私だということ。
私の大切な人々にどうかわかってほしいと思う

はじめに

―

特に問題があるわけでもないのに、
どうしてこんなに虚しいのだろう

「幸せになりたいなら、次のようなことを怖れず、真正面から受け入れよう。私たちは常に不幸であり、私たちの悲しみや苦しみ、そして怖れには常に相応の理由がある。これらの感情を切り離しては、考えることなどできない」

――マルタン・パージュ『ある完璧な一日』

ここに引用した一文は、私が最高に好きで、共感する文章の一節だ。我慢できないほどつらい時も、友だちの冗談に笑ったり、そうしながら心のどこかで虚しさを感じ、それでいてお腹がすいたからと、トッポッキを食べに行く自分が可笑(おか)しかった。ひどく憂鬱なわけでも幸せなわけでもない、捉えどころのない気分に苦しめられた。これらの感情が同時に起

きるということを知らなかっただけに、なおさらつらかった。

　どうして人は、自分がどういう状態にあるのかを率直にさらけ出さないのだろう？　つらすぎて、そんな気力も残っていないのだろうか？　私はいつも得体のしれない渇きを覚え、自分によく似た人からの共感を求めていた。そして、そういう人たちを探して彷徨（さまよ）うよりも、私自身がそういう人になってみようと思った。ほら、私、ここにいるよと、力いっぱい手を振ってみようと思ったのだ。誰かが自分とよく似た私のサインをキャッチして、こっちに来て一緒に安心できたらいいなと思う。

　この本は気分変調性障害（ひどい憂鬱症状を見せる主要憂鬱障害とは違い、軽い憂鬱症状が続く状態）にかかった私の治療記録をまとめたものだ。個人的で、くどくどした話でいっぱいだが、暗い気持ちを解きほぐすだけではなく、私に起きた具体的な状況を通して根本的な原因を探し、健康的な方向に向かうことに重点を置いている。

　私のように表面的には元気に見えて、内側に膿（うみ）を抱えているような、中途半端な人々が気になる。世間はとても明るい

部分や、ひどく暗い部分にだけ注目しているようだ。私の憂鬱を理解できなかった周囲の人々のことを思い出す。いったいどんな姿でどんな状況だったら理解してもらえるのだろうか？　いや、そもそも理解の範疇に入るのか？　できればこの本によって「私だけじゃなかった」、あるいは、「世の中にはこんな人もいるんだ」ということを知ってもらうことができたらと思っている。

　アートが人の心を動かすと思っている。アートは私に「信じる」ことを教えてくれた。今日一日が完璧な一日とまではいかなくても、大丈夫といえる一日になると信じること。一日中憂鬱でも、小さなことで一度ぐらいは笑うことができるのが生きることだと信じること。また、自分の明るさを表現するのと同じように、暗さを表現することもとても自然な行為なのだと知ることができた。私は私だけのやり方でアートする。邪心を捨てて、誰かの心に真摯に寄り添えたらと思う。

ペク・セヒ

目次

今日という日が
完璧な一日とまではいかなくても、
大丈夫といえる一日になると信じること。
一日中憂鬱でも、小さなことで
一度ぐらいは笑うことができるのが
生きることだと信じること

なんだか、ちょっと憂鬱で

　幻聴が聞こえ、幻覚が見え、自傷するだけが病気なのではない。ちょっとした風邪でも身体の具合が悪くなるように、ちょっとした落ち込みが人の心に病をもたらす。

　幼い頃から、内気で小心者だった。はっきりとは覚えていないが、過去の日記を読み返してみると、前向きな方ではなかったし、わりとひんぱんに暗い気持ちになっていたようだ。高校生の時から本格的に憂鬱感がひどくなったが、その時は勉強もせず、大学も行かず、将来も見えなかったから、憂鬱なのが当たり前だと思っていた。でも、その時の悩み（ダイエット、大学、恋愛、友だち）が全て解決した後も、同じように憂鬱だった。その憂鬱さは、いつもというわけではなく、波があった。ひどく気持ちがダウンする日もあったし、幸せな気持ちで眠れる日もあった。ストレスで胃がもたれ、憂鬱な時は泣いた。私は生まれつき憂鬱な人間なのだと思い、だんだん暗くなっていった。

他人に対する恐怖心や不安感が強く、特に慣れない環境ではひどい不安に苛(さいな)まれたが、そんなそぶりは見せないように上手に演じていた。演じられるのだから大丈夫だと自分に言い聞かせ、さらに自分にムチ打った。でもそのうちに、もう耐えられなくなり、カウンセリングを受ける決心をした。ものすごく緊張したし、怖かったけれど、期待を抱いて診察室に入ったのだった。

先生　どうされましたか？

私　　えっと、なんというか、ちょっと憂鬱な気持ちというか、詳しく話した方がいいですか？

先生　そうしていただけたら、私は助かります。

私　　（携帯電話のメモ帳を開いて、書いておいたことを話した）深刻なまでに自分と他人とを比較する、そこからくる自己否定、私は自己肯定感が低いんだと思います。

先生　何が原因か、考えたことはありますか？

私　　自己肯定感が低いのは、家庭環境のせいだと思います。子供の頃から母はいつも「うちは貧乏だ、貧乏だ。お金がない」が口癖でした。5人家族にしては家が狭か

ったのです（18坪だった）。うちと同じ名前のマンションが町内にあり、そちらはとても広かったのですが、ある日、広い方と狭い方のどっちに住んでいるのかと友だちのお母さんに聞かれて、それからは家を教えるのが恥ずかしくなりました。

先生　その他に思い出すことはありますか？

私　それはもう、たくさん。陳腐な話ですが、父は母を殴っていました。夫婦喧嘩といえば聞こえはいいのですが、ただの暴力です。子供の頃を思い出すと、母と私たちに暴力を振るい、家財道具にも八つ当たりした挙げ句、真夜中に家を出ていく父や、泣きながら寝入ってしまって朝になり、めちゃくちゃになった家から学校に行った自分たちを思い出します。

先生　どんな気持ちになりますか？

私　悲惨というか、悲しみというか？　うちの家族以外には知られてはいけない秘密が積もっていくような気分でした。隠さなければいけないと思っていたんです。姉は私に、私は妹に口止めをしました。
　それと自己肯定感が低いのは、家庭環境もそうなんですが、姉との関係も大きいと思います。

先生　お姉さんとの関係ですか？

私　　はい、姉の愛はいつも条件付きのものでした。私が勉
　　　強をしなかったり太ったり、何かを一生懸命頑張って
　　　いないと、私を蔑んだり、虐めたり、侮辱したりし
　　　ました。年が離れていることもあり、姉の言うことは
　　　絶対でした。経済的な部分も、姉に縛られていました。
　　　姉が服や靴、カバンなどを買ってくれていたのです。
　　　そういうことがこちらの弱みになりました。姉は私が
　　　反抗したり、言うことを聞かないと、買ってくれたも
　　　のを全部取り上げてしまいました。

先生　抜け出したくなかったですか?

私　　抜け出したかったです。間違った関係だと思いました。
　　　姉はとても矛盾していたんです。自分はよくても、あ
　　　なたはダメ、という論法?　私は外泊してもいいけど、
　　　あなたはダメ。私はあなたの服を着てもいいけど、あ
　　　なたはダメ。そんなふうに。ただ、完全に愛憎が入り
　　　混じっていたと思うのは、姉のことがとても嫌なのに、
　　　姉が怒って私に関心をなくしてしまうと、それがもの
　　　すごく怖かったんです。

先生　あなたは、そういう関係性から抜け出そうとする努力
　　　はしましたか?

私　　うーん、私が大人になってアルバイトを始めてから、

まずは経済的な部分で自立したいと言いました。アルバイトを平日も週末もずっとしながら、少しずつ経済的には自立できました。

先生　精神的にはどうですか？

私　それは本当に大変でした。姉は、私以外の人間ではボーイフレンドとつきあうだけでした。彼は姉の言うことをちゃんと聞いてくれるし、性格をよくわかっていて合わせてくれるのですから、楽に決まっています。ある日、姉が私と一緒にいる時に「他の人といてもつまらないのよね。あなたといるのが一番面白いし、気楽だわ」と言ったので呆れてしまって、初めて勇気を出して言いました。私は姉さんが気詰まりだと、気楽なんかじゃないと。

先生　お姉さんの反応はどうでした？

私　本当に驚いたというか、ショックだったみたいです。後になって姉に聞いてみたら、毎晩泣いていたとか。今もその話になると、泣きそうな顔をします。

先生　お姉さんのそんな様子を見て、どう思いましたか？

私　ちょっと胸が痛むというか、でも、すっきりしました。自由になったような。少しだけですけど。

先生　お姉さんとの依存関係から抜け出した後も、自分への

　　　　自信は取り戻せなかったのですか？

私　　たまに自信が持てることもあったのですが、性格と憂鬱さはそのままだったと思います。姉への依存が、恋人に代わっただけで。

先生　恋愛はどんなふうにするのですか？　好きな人ができたら、自分から近づいていく、積極的なタイプですか？

私　　いいえ、全然。もし誰かを好きになっても、相手に軽く見られるのが嫌なので、好きなのがバレないようにします。告白するとか自分から声をかけようと思ったことはありません。だからいつも受け身な恋愛をするタイプです。誰かが私を好きだといえば、とりあえず会ってみて、その人を知っていくうちに好感が持てれば恋人になるというパターンでしょうか。

先生　恋愛をしていない時もありますか？

私　　ほとんどありません。誰かとつきあったら長い方だし、恋人にかなり依存してしまう方です。相手もよくしてくれますし。ただ、恋人が私を愛してくれて、全てを受け入れてくれても、何かすっきりしないんです。私は、本当は依存したくないんです。独り立ちして、自立心を持ち、一人でもちゃんと生きていたいのに、そ

れができないように思うんです。

先生　友だちとの関係はどうですか？

私　　子供の頃は友だち関係がものすごく重要だと思っていました。同年代の子たちと一緒です。でも、小学校の時に1回と中学校の時に1回、いじめにあって、高校まで仲良しグループから外れてしまって、そこから友人関係に対する恐怖心が生まれたような気がします。それが自然に恋愛に移っていって、友だちとか友情とかには期待も関心もなくなりました。

先生　なるほど。仕事には満足していますか？

私　　はい。出版社で広報営業の仕事をしています。今は会社のSNSチャンネルの担当ですが、コンテンツを作ってアップロードして公開しています。面白いし、私に合った仕事だと思います。

先生　いい結果が出たこともありますか？

私　　はい、ありました。それでもっと頑張ろうと思ったこともあるし、結果を出そうとしてプレッシャーを感じることもあります。

先生　そうなんですね。詳しく話してくれて、どうもありがとう。いろいろ検査をしないと正確なことはわかりませんが、あなたは依存傾向が強いようですね。感情の

両端はつながっているので、依存傾向が強い方ほど、依存を嫌います。例えば、恋人に依存している間は安定感を感じる一方で不満がたまり、恋人から解放されると自立性を得られる代わりに不安感と空虚感に苛まれる。もしかしたら、仕事にも依存しているかもしれませんね。成果が上がることで自分の価値が認められて安心できるから依存するのですが、その満足感というのが長くは続かないのが問題です。これでは堂々巡りです。憂鬱さから抜け出そうと努力するのに失敗して、また努力と失敗の繰り返しの中で、情緒そのものが憂鬱になってしまう。

私　　そうなんですね。（この言葉に慰められ、目からウロコが落ちた気がした）

先生　切り替えが必要ですよね。憂鬱と挫折の悪循環から抜け出すためには、自分が考えもしなかったようなことに挑戦してみるといいでしょう。

私　　何からすればいいのかわかりません。

先生　今から探しましょう。小さなことでいいので。

私　　それと、SNS に少しずつ盛った内容をアップしてしまうのです。幸せなふりをするってわけじゃないのですが、好きな本や風景、文章などを紹介しつつ、自分

を特別に見せたいというか。「私って実はこんなに奥が深くて、イケてる人なんだ」というのをアピールしたいみたいな。それと、自分の基準で他人を判断し、評価してしまうんです。自分がいったい何様のつもりなのでしょうね、他人の評価などできるわけないのに。おかしいですよね。

先生　お話をうかがっていると、あなたはまるでロボットになりたいみたいですよ。何か絶対的な基準を持った人になりたいような。

私　そうなんです。そんなの不可能なのに。

先生　今週は今日差し上げた検査用紙（500の項目の性格検査と症状、行動評価、スケール検査）をやってみて、どんなふうに気持ちを切り替えたらいいか、考えてみるのはどうでしょう？

私　やってみます。

（1週間後）

先生　調子はどうですか？

私　顕忠日（朝鮮戦争で国のために戦った軍人を追悼する国民の祝日）の前日までは憂鬱でしたが、その後は大丈夫でした。実は前回、言わなかったことがあるのです。先生が私に、ロボットになりたいみたいだとおっ

しゃったじゃないですか。他人に迷惑をかけちゃだめ
だという、自分の中のルールが厳しくなって、強迫観
念というのでしょうか、日常生活に支障が出ています。
例えばバスの中で大きな声で話したり、電話をする人
とかを見ると、ものすごく腹が立つのです。首を絞め
てやりたいくらい。実際にはできないのですが。

先生　それで罪悪感を感じるのですね。

私　はい、10回に1、2回は静かにしてくださいと言える
んですが、8回は何も言えません。そんな自分に対す
る罪悪感がひどいのです。会社でも他人のキーボード
の音が気になって仕事に集中できなくて、音がうるさ
い同僚に直接言いに行ったこともあります。言ったら、
すっきりしたのですが。

先生　うるさくする人間に静かにしろと言えなかったと、そ
んなにつらくなるものでしょうか？　まるで「どうし
たら、自分を苦しめることができるか」と思い悩んで
いる人みたいですね。人間はみんな卑怯<ruby>卑怯<rt>ひきょう</rt></ruby>なものです。
でも、あなたは卑怯でいてはいけないと自分にプレッ
シャーをかけて、10回中1回は注意しているのに、
それでもダメなんですか？

私　私は10回中10回、もれなく言いたいのです。

先生　そうしたからって、幸せになれますか？　10回中10回注意して、「すっかり良くなりました。楽になりました」とはいかないでしょう。人の反応はそれぞれ違いますから。他人を批判すればいいのに、無理に自分のせいにしていますよね。何か言ったところで聞く耳を持たない人々を避けるのだって、自分を守るためには必要です。根本的な部分を探して、一つ一つ正していこうなんて不可能ですよ。ご自分の身体は一つなのに、荷が重すぎるでしょう。

私　なんで私はこうなんでしょう？

先生　いい子だから？（私はこの言葉には同意しない）

私　わざとに道にゴミを捨てたり、バスの中で大声で電話してもみたのですが、気分はイマイチでした。でもまあ、解放感はありました。

先生　イマイチだったのなら、無理にしない方がいいですよ。

私　人間が多面的だというのはわかっているんです。でも、それを受け入れられないみたいです。

先生　人を一つの面だけで見ていると、他人に対してだけではなく、自分を見る時もそうなります。一度ぐらいは怖い人になってもいいんじゃないでしょうか。例えばあなたが理想とする人物を思い浮かべて、「あの人で

も怒るでしょう？　あの人だって全ては許さないでしょう？」そう考えてから怒ってもいいんです。そのせいで他人にキツイと思われてもね。あなたはどうも、これまで経験したことと考えたことの中で、いちばん理想的な部分だけを追い求めているようにみえます。「私はこんなふうになるべきだ！」みたいに。しかも他人の考えや他人の経験を拝借して。

でも、さっきおっしゃったように、人には皆いろいろな面があるんです。表向きはカッコよくても、裏では汚いことをしていたり。勝手に期待して、がっかりすることもありますよ。そんな時はむしろ「あの人も普通に息を吸って生きてる、ただの人なんだ」と考えれば、自分に対しても寛大になれます。

私　　私は自分が弱い人間だと思っているし、みんなもその弱さを知っていると思うんです。いくら意気がって発言したところで、みんな私の内面の弱さを知っているはず。ばれるんじゃないか、怖いのです。

先生　内心、不安だからですね。自分が何かを言おうとする時、反射的に「この人は私をどんなふうに思うだろうか？　私から離れていかないだろうか？」と考えてしまう。人と話すのはいい経験ではあります。でも、結

果はいろいろですから。Ｃという反応、Ｄという反応が出てくることもありますよ。他人の反応は実に多様だということに気づいて、受け入れなければいけません。

私　　そうなんですね。前にちょっとした気持ちの切り替えという話が出たので、ヒッピー・パーマをかけてみました。自分でも気に入ったし、会社の人たちの反応もよくて嬉しかった。それと、これも前に聞かれたことなんですけど、友人たちが考える私の長所は、すぐ共感してあげるところかなと思います。

先生　実際にすぐ共感するタイプなのですか？

私　　はい、すごく。だからわざと共感していることを隠すこともあります。ちょっと難しい人に見えるように。

先生　でも、他人に言われたことで、あまり自分をラベリングしない方がいいですよ。もっと共感してあげなきゃと意識した瞬間から、それは宿題になってしまいますから。そうすると、かえって共感能力が落ちてしまうかもしれません。ご自分が関心のないことには、関心を示さなくてもいいでしょう。

　　　前にした検査結果を見ると、実際よりも自分を悪く見せようとする「フェイキング・バッド（faking bad）」

という結果が出ています。これは多くの場合、復職前
の会社員や不登校の学生などに見られるパターンです。
現在の自分の状態以上に自分を悪く見せようとする。
実際の状態より自分をさらに否定的に捉えています。
逆に「フェイキング・グッド（faking good）」という
のは主に刑務所にいる受刑者などによく出てくる結果
です。自分はもう大丈夫だと見せようとするものです。
あなたは憂鬱というよりは不安感、強迫観念などの様
相が出ているので、社会的関係においての不安感が強
いようです。

それと女性に対する考え方が受け身ですね。「私は女
性だから社会的な役割はこのくらいしかできない」と
いう思いが強いよう。これは性格というより、あなた
の現状を表しています。その他には特に気になること
はありません。「とても不安で、社会生活をするのが
大変なんだな。それと、自分の状態を実際よりも悪い
と思っている」ぐらいです。自分の状態を自分の主観
的な感覚だけで、とても過敏に憂鬱に感じている。特
におかしなところがあるわけではないのに、自分でお
かしいと思い込んでいるんでしょう。

私　　そうです。でも、自分が正常だと考えると、もっとつ

らくなります。「なんで私はこんなにみんなと違うん
だろう？」と。

先生　気分変調性障害（Dysthymic disorder）を調べてみた
でしょう？　どう思いましたか？

私　今まで一度も自分の症状にピッタリな説明に出会った
ことがなかったのですが、「これは私のことだ！」と
思いました。そして説明を全部読んで悲しくなりまし
た。「昔、これを病んでいた人たちは、どれだけつら
かったの？」と思ったんです。

先生　そんなことまで心配するのですか？

私　いけませんか？

先生　いい悪いではなく、ユニークだなということです。心
配を始めたらキリがないです。過去ではなく、今この
時の自分を考えれば、個人的な経験をもっとプラスに
考えることができますよ。今までは自分を説明する病
名を知らなかったけれど、今は知っている。それだっ
てプラスに考えられるでしょう。

私　あ、それと、相反する感情を持ってしまうのは、どう
してなんでしょう？

先生　自責感とよく似ています。「首を絞めてやりたい」と
思ったら、同時に自責感が湧くでしょう。腹を立てる

と、同時に罪の意識を感じてしまう。これは一種の自己処罰的な欲求でしょうね。自分の中にとても強力な超自我が芽生えるからです。（実際に自分が経験したことではなくても、あちこちから基準になる考え方を拝借して、理想の自分を積み上げていったということ）でも、それは文字どおり理想ですから、現実ではありません。だから、毎回その理想には届かず、自分を罰してしまうでしょう。そんな厳格な超自我があると、そのうちに罰を受けることに満足するようになるかもしれません。例えば、自分が愛されることに疑問を感じて、わざと相手になじられるような行動をとって、相手が自分を捨てれば逆に安心するような状態になる。実際の自分というより、外部からコントロールされていることがとても多いのです。

私 　そうなんですね。一人が好きなのに、一人が嫌いという感情は？

先生 　そんなの当たり前じゃないですか？

私 　当たり前ですか？

先生 　ええ。程度の差こそあれ、みんなそうじゃないでしょうか？　人は他人との関係のなかで生きていかなければなりませんが、自分だけの空間だって必要ですから。

これはもう共存させるしかないでしょう。

私　　私は自己肯定感が低いのでしょうか？

先生　極と極はむしろ通じるものです。ものすごく自尊心が
　　　強そうな人に限って、自己肯定感が低いのです。自信
　　　がないから、他人が自分を尊敬するように仕向ける。
　　　逆に自分についてしっかり満足していれば、誰に何を
　　　言われても、関係ないわけです。（つまり、私は自己
　　　肯定感が低いということ）

私　　自分のしてきたこと全部が、つまらないことに思えま
　　　す。

先生　ご自分がしたことの多くは、あなたが実際に望んだと
　　　いうより、あなた自身が決めた基準や義務感でしてき
　　　たことかもしれませんね。

私　　見た目についての強迫観念もひどいです。化粧せずに
　　　外に出られない時期もありました。太ったら、誰も私
　　　を見てくれないんじゃないかと思ったり。

先生　外見のせいで強迫観念が起こるのではありません。理
　　　想化された像があるから、外見にも執着するのです。
　　　その基準の幅を狭く、高くしすぎです。「体重が50
　　　キロを超えたら終わりだ！」みたいに。要は、あれこ
　　　れ少しずつやってみながら、自分が何を望み、どのぐ

らいがちょうどいいのか、試してみるといいでしょう。
自分の好みを知って、不安を減らす方法がわかれば、
自分に対して満足感も生まれますよ。誰かに何か指摘
されても、受け入れたり、拒否できるようになるでし
ょう。

私　　暴食も関係ありますか？

先生　ありますね。日常生活の満足度が下がると、もっとも
原始的なところに戻っていきますから。食べて寝ると
いう本能的なところに。満足中枢を一番手軽な方法で
満たそうとするのです。でも、食べることでの満足感
は長持ちはしません。運動するとか何かプロジェクト
のようなものが、役に立つかもしれませんよ。長期的
な目標を持って、克服するのがいいでしょう。

私　　わかりました。運動を再開してみます。

ヤマアラシのジレンマ

極と極はむしろ通じるものです。
ものすごく自尊心が強そうな人に限って、
自己肯定感が低いのです。自信がないから、
他人が自分を尊敬するように仕向けるのでしょう

親密になりたいのに、同時に少し距離を置きたいという矛盾した心理状態を「ヤマアラシのジレンマ」という。私はいつも一人でいたいのに、一人が嫌いだった。依存傾向が強いせいだという。誰かに依存している時は安定しつつ不満がたまり、そこから抜け出して自立すると、今度は不安感と空虚感に苛まれる状態。今までずっと、相手にひどく依存しながら、相手をぞんざいに扱った。多くを与えてくれる人ほど鬱陶しく、うんざりした。そして、そんな自分がまた嫌いになった。それに、私を肯定してくれる人とばかりいると、甘えん坊になる。その安全な囲いの中で徐々に臆病になっていくのがわかる。だから、会社を辞められないのかもしれない。今まで私はこんなふうに生きてきた。その生き方がいいとか悪いとかの問題ではなく、どうすれば私が健康的に暮らせるのかが重要だ。頭ではわかっているのだが、行動に移すのはいつだって難しい。私は自分に対して必要以上に厳しいから、癒やしが必要だし味方も必要だ。

30

私って、ひょっとしたら虚言症かも？

　よく嘘をついた。一つ一つ思い出すのは大変だけれど、思いつくまま書き出してみると、まずは会社でインターンをしていた時のことだった。課長とランチに行く途中で、海外旅行の話になった。課長は私にどこの国に行ったことがあるか聞いてきた。当時の私は海外旅行に行ったことがなくて、それが恥ずかしかった。だから、日本に行ったことがあると嘘をついた。ご飯を食べながらずっと、日本旅行について聞かれたらどうしようかと、気が気ではなかった。

　私は感情移入しやすく、他人に共感しやすく、また共感すべきだという強迫観念もある。相手が私に何か打ち明けごとをしたら、私にもそんなことがあったと嘘をつくことさえあった。笑わせたり、注意を引きたい時にも嘘をつき、それと同時に自分を責めた。

　大きな嘘ではなく、日常の小さな嘘などはバレる心配もないから、小さな嘘が増えていった。自責の念にかられて、た

とえ小さなことでも嘘はやめようと心に決めたのだが、この前は酒に酔って友だちに嘘をついた。その嘘の内容は恥ずかしすぎて、口にすることもできない。このことで全ての努力が水の泡となった。

先生　調子はどうですか？

私　　よくなかったです。木曜日までずっとダメで、金土は少し回復しました。この話、みんなした方が治療のためになりますか？

先生　嫌でなかったらぜひ。後で話してくれてもいいですよ。

私　　理想のハードルを下げることって、可能でしょうか？

先生　自分に自信が持てれば可能でしょう。完璧さを求めたり、理想を追ったりする気持ちそのものがなくなるかもしれません。

私　　自信が持てるようになりますか？

先生　おそらく。

私　　私って、かまってちゃんなのだと思います。承認欲求も強いし、だから虚言癖もあるのだと思います。笑いをとろうと話を盛ったり、大げさにしたり。相手に合わせたいがために、「私もそんなことがあった」と嘘

をついたり。後でとてもつらくなります。だから、も
う小さなことで嘘は言わないようにしています。その
方が気が楽だし。なのに、土曜日に治療を受けた後で、
友だちと飲みに行って、酔っていたとはいえ記憶はは
っきりしているんですよね。そこで、嘘をついたんで
す。

先生　それも、相手に合わせるためですか?

私　　いいえ。ただ、気を引きたかっただけだと思います。
　　　わざと相手に合わせたような話ではありませんでした。

先生　酔ってなかったら、しなかった話ですか?

私　　絶対にしなかったと思います。

先生　じゃあ、酔っていたせいでしょう。それでいいじゃな
　　　いですか。

私　　(驚き) それでいいんですか?　これって病気じゃな
　　　いんですか?

先生　違います。嘘というのは、認知機能が低下した時に、
　　　出やすいものです。お酒に酔った時も同じことで、記
　　　憶力や判断力も落ちるでしょう?　その隙間を埋める
　　　ために、無意識に嘘をついてしまうこともありますよ。
　　　泥酔している人って、自分は酔ってないと言い張るじ
　　　ゃないですか?　辻褄の合わない話を、延々と続ける

こともあるし。

私　　私、大丈夫でしょうか？

先生　大丈夫です。酔ったせいで、自分を抑える理性の糸が切れてしまったのでしょう。専門用語では「脱抑制」といいます。酒や麻薬のせいで脱抑制が起こります。衝動的な行動が増え、自分がタブーにしていた行動をとってしまうんです。だから一日反省すれば十分ですよ。「次からはあんなに飲まないように」ぐらいでいいのです。

私　　少し心が軽くなったような気がします。

先生　自分のせいではなく、お酒のせいにしてください。酔っていなかったらしなかった、酔っていたからしちゃったと。

私　　これは虚言症ではないのですか？

先生　違います。ただ酒に酔っただけ。

私　　先生、私は酔っぱらっても、はったり一つ言わない子たちが羨ましいです。

先生　そんな人がいますか？　寝てしまう人はいるでしょうが。失敗するはずのところを、先に睡眠中枢が酒に酔って寝てしまうんでしょう。そんな人が多いと思いますよ。そうじゃなかったら、お酒にものすごく強いと

か。

私　あの、この前、正義感の強い人でありたいと思うのは、私がいい子だからだとおっしゃったじゃないですか。そうじゃなくて、私は正義感のない人間だから、正義感を持ちたいと思うのです。

先生　自分が正義感のない人間だと決めつけるんですね。そうやって何でも基準を上げてしまうのは、今の自分をとても否定的に見ている証拠です。自分を改善すべき人のように見ている。今もそうですよね。お酒は酔うために飲むものなのに、酔わない人を羨ましいと。

私　そう言うと、なんだかとても簡単に思えますよね。それと、今週は会社を辞めたくなりました。ものすごくストレスが多くて。水曜日に同僚と飲みに行ったのですが、周りから見ると今の私はとても楽なポジションにいるようで、主任もいい人に見えるんですよね。一緒に飲んだ同僚たちはとても大変な状況なんです。だから私がみんなの話を聞いてあげる立場になってしまって。でも、実は私だって大変なんです。それなのに、他人の話を聞いてあげるだけ。会社以外の友だちも、私より他の人の方が大変だと思っているみたいで、突然、悔しい気持ちになりました。

先生　怒りがたまっていますね。どうやって晴らしましょ
　　　う？

私　　主任に相談してみようか悩んだんですが、その日は主
　　　任に頼まれた仕事がうまくいかなくて、悩んだ末に午
　　　後になってから、どうすればいいか聞いてみたのです。
　　　そうしたら、ものの見事に解決してくれて。感謝のあ
　　　まり、それ以上は何も言えませんでした。主任も大変
　　　ですから。

先生　どうしてそんなに他人の大変さがわかるんですか？

私　　（ギクリ）たしかに。本当はわかっていないのかもし
　　　れない。

先生　あなたも言ってみましょうよ。大変だと。

私　　どうやって言えばいいか、わからないんです。

先生　他人を見ながら学ぶんですよ。みんな大変だと言うの
　　　だから、わかりますよね。セヒさんは、大変じゃない
　　　人にまで、「大変でしょう？」と聞くような気がしま
　　　す。

私　　（この時、涙が出た）私って、いい子ぶっていますよ
　　　ね？

先生　いい子なんですよ。いい子なんだから、仕方がないん
　　　です。

私　　いい子というより、ただの馬鹿なんだと思います。

先生　「他の人よりは自分はまだましだ」と思うから、自分
　　　がつらくても言い出せないんでしょう。例えば、どこ
　　　に行っても、みんな「ここも大変なんだから」と言う
　　　かもしれません。でも、あなたは「ああ、あの子も大
　　　変なのに、私は気づかなかった」と自分を責めてしま
　　　う。他人を思いやるのはいいんです。関心を持つのも
　　　いいでしょう。でも、まずは自分の心配をしないと。
　　　自分の気持ちが先です。友だちに話すのもいいですが、
　　　一緒に働いている職場の人に「私は大丈夫だから」で
　　　通すのをやめて「私はあなたに比べて肉体的には楽か
　　　もしれないけど、ここも大変なんだよ」ということを
　　　伝えた方が、お互いにいいじゃないですか。

私　　会社の人たちには話したことないですね。でもそれほ
　　　どポーカーフェイスなわけでもないんです。感情をう
　　　まく隠せなくて。木曜日に会社を辞めたくなった時も、
　　　誰が見ても不機嫌な顔をしていたと思います。そんな
　　　んじゃ、みんなも声をかけられませんよね。

先生　普通に気分が悪いんだなと思うだけでしょうね。まず
　　　は、自分自身を知らなければ、解決できません。自分
　　　を知ろうとせずに、「どうして私はこうなんだろう」

とばかり考えていてもダメです。

私　　私が私自身をよく知らないということですか？

先生　自分に対する関心が低くなっていませんか。

私　　私は毎日自分の気持ちを記録しているんですよ。

先生　まるで他人が書いたみたいな記録です。つらい時はどうしたって自分がいちばんつらいんです。それは利己主義とかじゃありません。例えば、どれだけ条件が良いところだって、そこに行くまでがいちばん良く見えるのです。仕事も学校も同じです。合格の瞬間は嬉しいけど、それを過ぎれば不満が出てくるでしょう。初めから終わりまで、「ずっとここが好き！」なんてこと、ありえますか？　他人からは羨ましがられても、当の本人はそうではないこともあります。だから「どうして私はポジティブでいられないんだろう」と自分を追い詰める必要などないのです。

私　　わかりました。水曜日は会社の同僚と出かけて楽しかったのですが、半分だけの幸せという感じでした。一緒に行った相手が、例えば「昨日は本当に楽しかったね！」と言ってくれないと、半分しか楽しくない。そう言ってもらって初めて、完全に楽しかったということになるんです。だから「今の私の話、つまんな

い？」「私は今すごく楽しんだけど、あなたもそう？」
みたいな言い方をついしてしまいます。

先生　他人に気を使うこと自体は悪いことではありません。
でも、それを通り越して顔色をうかがうようになった
ら問題です。今おっしゃったのは顔色をうかがう行動
ですよね。

私　はい。なかなか眠れなかったのですが、お薬を出して
もらってからは、寝付きが良くなりました。

先生　最近も、何度も目が覚めますか？

私　朝の4時に1回、5時に1回目が覚めます。

先生　寝る時に、スマホはなるべく遠くに置いてくださいね。
夜見ても、昼間見ても同じですから。日常生活で後回
しにできることは、なるべくそうしてください。ご自
身で優先順位を決められるようになるといいのですが。

私　金曜日の朝、薬を飲む前までは、不安で仕事が手に付
きませんでした。薬を飲んだらよくなりましたが。今
朝は焦燥感がひどかったのですが、8時頃に薬を飲ん
だらよくなりました。

先生　副作用かもしれませんね。夜に飲む半錠の方の。朝の
薬をちゃんと飲んでもらえば大丈夫です。

私　薬の中毒になったのではないでしょうか？

先生　薬で中毒になることはありません。中毒患者もここに来るんですから。

私　朝、薬を飲むと気持ちが楽になります。

先生　楽な気持ちでいてください。それでも「この薬は身体に悪いかもしれない」と思ったら、それがストレスになることもあります。例えば、誰かにプレゼントをもらったら、「私もいつかお返しをしなくちゃ」なんて考えずに、ありがたく受け取ってそのひと時を楽しんでくださいね。今のあなたはプレゼントに感謝しながら、同時に負担を抱えてしまっているように見えます。

私　……。（そう言うのは簡単だけど、それができれば、ここにいないわけで）

先生　あなたは今も大丈夫ですよ。お酒を飲めばそうなることもあるし、薬を飲めば副作用が出ることもあるし、副作用が出たら病院の悪口を言えばいいんです。

私　（今も大丈夫という言葉に、涙が出そうになる。もう馬鹿みたい）

先生　週末は何をする予定ですか？

私　映画のサークルに行きます。

先生　面白いですか？

私　面白いんですが、プレッシャーもあります。もともと

　　　　読書サークルのようなものは参加しないんです。文芸
　　　　創作科卒だとか出版社勤務というと、みんなが変に期
　　　　待するんです。映画サークルでも、出版社に勤めてい
　　　　ると言ったら、みんなに「わ〜」みたいな反応をされ
　　　　て、気が重くなりました。

先生　　どうして映画サークルに入ったのですか？

私　　　私はインドア派なのでつきあう人も限られているし、
　　　　友だち同士の集まり以外では、恋人に会うだけで、こ
　　　　のまま20代が過ぎてしまうようで。

先生　　なるほど、それで少し活動範囲を広げてみようと。

私　　　はい。

先生　　いいんじゃないですか。で、みんなの期待（出版社勤
　　　　めだから、文章は上手だろうみたいな）に応えてあげ
　　　　るのですか？

私　　　いいえ。

先生　　だからといって、仲間外れにされたりはしませんよね。
　　　　すごいと言われることも、がっかりされることもある
　　　　でしょうが。最初におっしゃったように、「私がなぜ
　　　　これをするか？」がポイントです。

私　　　今回テーマになっている映画は私の好きなタイプでは
　　　　ありません。何も話すことがないんです。何も話さな

くていいでしょうか？

先生　もちろんです。普通に「あんまり面白くありませんでした。私の好みではないんです」と言えばいいんじゃないですか。

私　恥ずかしくて。

先生　評価というものは人それぞれでしょう。正解があるわけじゃないし。そりゃ、他の人からの期待もあるでしょうが、自分でも知らないうちに「私は文創科（文芸創作科の略）卒で出版社勤務だから、みんなとは違うところを見せなきゃ」という無言のプレッシャーがあるかもしれませんね。でも、「別にこれが私なんだし」と認めてしまうことで、もっと自由になれるかもしれませんよ。

私　今、少し、自由になりました。

先生　映画を見たら、絶対に意味を探さなければいけないんですか？　自分が良かったと思うところを誰も好きにならないこともあるし、自分がつまらないと思っても誰かは気に入るかもしれないし。何もかも頭で考えようとしないことです。感情を優先しましょう。「だったら、何よ？」というふうに考えることが重要です。

私　そうしないといけませんね。

先生　むしろ、会が終わったあとで、「どこかに遊びに行こ
　　　うか？　打ち上げで何を食べようか？　誰と話そう
　　　か？」そうやって考えた方がいいと思います。
私　　そうですね。

　　　私って、ひょっとしたら虚言症かも？

つらい時はどうしたって自分がいちばんつらいんです。
それは利己主義ではありません

なるほど、専門家の話は慰めになる。肉体的にケガをした時も、そ
ばにいる人が「大丈夫よ」と言ってくれるより、医師にはっきり
「大丈夫です」と言われた方が安心するように。とはいえ、私を
「とてもいい子、あるいはめんどくさい子」みたいに思っているよ
うで気持ちはすっきりしながらも、気分はよくなかった。
　映画サークルでは、先生が言ったように「私の好きなタイプの映画
ではなく、いまひとつだった」と発言した。録音したのを聞いてみ
ると、最初から最後まできちんと話している。いずれにしろ、まだ
3回目のカウンセリングで、変化はそれほどでもないけれど、これ
も良くなる過程なのだと考えることにした。まだ1人で家にいる
時は、他人と自分との比較にのめり込み、自分のダメさ加減に落ち
込んでしまうのだが、その程度が少し軽くなったような気がする。
誰かが、いい日でも文章が書けなきゃ、と言ったけれど、それも練
習が必要かもしれない。いつも、天気が、身体が、心が、精神が、
暗い時だけ文章を書いている。いいことを考えながら、いい文章を
書いてみたい。重たくて、暗くて、あまりに複雑すぎるのは嫌だ。
とにかく、いいことを考えてみよう！

私が私を監視する

　私はいつから「自己検閲」を始めたのだろう？　こんなに厳しく自分をチェックするようになったのだろう？　古いメールを読み返していたら、10年ほど前に書いたものを発見した。人間はあまりに傷つくと、その記憶を抑え込んでしまうというけど、私がそうだったようだ。全く記憶にないことだった。

　私は生まれつきのアトピー性皮膚炎だった。その頃はアトピーが今のように一般的ではなかったため医師は軽く考え、アトピーであることがわかったのは後になってからだった。

　子供のアトピーはみんなそうだが、いつも手足の関節や目の周りが乾燥して赤くなっていた。友だちはみんな「それってなんで？　気持ち悪い」と言い、好きだった男子などは私に面と向かって「おばあさんみたいだな」とまで言い放った。

　5年生の時だった。男子とペアになってダンスを踊らなくてはならない行事があった。私のパートナーは私とダンスを

するのが嫌だったのか、手をつながずに踊るふりだけした。その時から私には羞恥心が生まれた。自分自身のことを異常で、醜く、おばあさんみたいで、隠さなければいけない存在のように感じていた。

　中学生の時にはこんなこともあった。その頃、友人たちと一緒にやっていた匿名のネット掲示板に、誰かが私の悪口を丸1ページ近く書いた。一つ一つ全てを列挙するのもしんどいけれど、「顔はそうでもないけど、身体はすごく太ってる」「ちゃんとお風呂に入ればいいのに、肘が真っ黒」などというのを覚えている。自分の外見がそんなふうに評価されたことが、ものすごく恥ずかしかった。

　その事件は私の記憶から消えていたのだけれど、無意識の中に残っていたのだろうか、気がつくと毎日毎日アカスリ用タオルで肘をゴシゴシこすっていたり、もしかして口や鼻に何かできているんじゃないかと鏡を何十回と覗きこんだり、いつも他人にどう見えるか心配している自分がいた。そんなふうに自分自身を厳しくチェックしていくうちに、いつしか自分の声まで録音して聞くようになっていた。心では余すことなき苦痛を感じながら、誰かに嘲笑されるのではないかと怯えているのだ。

先生　先週の映画サークルはどうでした？

私　　はい、頑張りました。

先生　言いたいことはいろいろ言えました？

私　　いいえ。イマイチだと言ったら、司会の人に、どこらへんがと聞かれて、今はまだ整理できていないと言って逃げました。そのあと他の人の話を聞いていたら、どうしてイマイチだったのかが自然にわかってきて、そこから話をしました。後で録音を聞いてみたら、けっこう話していました。

先生　どうして録音したんですか？

私　　私は会社の重要な会議とか、先生と話をする時とか、全部録音して家で聞くんです。ふだんとても緊張していて、自分がどんな話をしたか覚えていないので。

先生　酒に酔ったわけでもないのに？　録音までする必要がありますか？

私　　今は通院記録を整理しようと録音しているのですが、他の場合は緊張で目の前が真っ白になって、何を言ったかわからなくなってしまうので、録音を始めたんです。

先生　自分を監視カメラで撮影するみたいに、まるで検閲で

すね。終わってから、自分がちゃんとやれたか？　どんな話をしたんだっけ？　と。忘れることで自由になることもあるのに、疲れませんか。

私　安心感と同時に自分を責めるんです。うまく話せていたら安心するし、ダメだったら自分を責めます。

先生　過ぎたことは忘れてしまった方がいいですよ。

私　わかりました。こういうところも本当にロボットみたいですよね？

先生　ロボットみたいだと？

私　はい。

先生　ロボットみたいというのも、大した意味じゃないのに、なんだか拡大解釈されてしまったようですね。（先生が前にロボットみたいだと言ったことにこだわっていた）

私　そうです。自分について言われたことには、ものすごくこだわります。どうして自分のことを厳しくチェックしてしまうのでしょうか？

先生　人目を気にしすぎるんですよ。自分に対する満足度が落ちているからでしょう。自分の人生は自分のものです。自分の身体も自分のものだし、その責任は自分で負うしかない。今のあなたは合理化などの中間段階が

なくて、極端に走ってしまう。自己検閲は必ずしも悪いことではないのです。折り合いをつけるか他の方向で考えてみるとか、いろんなスイッチがあればそれを選んで押せるんですが、今は一つしかないスイッチをつけたり消したりしているだけです。いろいろ原因があるはずなのに、ただ「私は今悲しい、涙が出る、腹が立つ」と、原因よりも結果に囚われすぎて、今の感情がさらに悪化してしまうんだと思います。

私　（泣いてしまう）極端だったり、検閲してしまうのは、生まれつきの気質のせいもありますか？

先生　性格というのは気質もありますが、成長過程で作られる部分が大きいでしょう。

私　姉や妹と話をしてみると、姉妹がみんなそっくりなんです。だから３人で恋愛の話をしてはダメなんです。同じように極端だから、客観的な判断ができない。「生まれつきなのかな？　じゃなかったら、いったい私たちに何があったんだろう？」という思いにかられます。

先生　今ここにある現実に対しての見方が極端だから、姉妹の話をする時も「全く同じか、あるいは違うか」、そんな評価をしてしまうのかもしれません。

私　　あ、私の見方がということですか？

先生　はい。

私　　私ってそんなに極端でしょうか？

先生　すごく極端というのではなく、そういう傾向があると
　　　いうことでしょうね。ともかく、仕事と休息の空間を
　　　分ける必要があります。会社でストレスがたまったら、
　　　家では休まなければいけないのに、休みながら録音を
　　　聞いているんですよね。そんなことしたら、2つが混
　　　ざってしまいます。恥ずかしさと不安をいっしょに感
　　　じてしまいます。

私　　わかりました。今週は特に何もなかったのに、よく眠
　　　れませんでした。朝の4時に目が覚めて、6時、7時
　　　まで眠れずに、映画を見たりしていました。つらかっ
　　　たです、眠れなくて。

先生　日中、疲れたでしょう？

私　　思ったよりは大丈夫でした。もともと、他人に突然話
　　　しかけられると、真っ赤になってしまうのですが、今
　　　週はそんなこともありませんでした。

先生　睡眠時間はどのくらいでした？

私　　平均4〜5時間？　5時間寝て起きて、また10分、
　　　20分ずつ寝るような感じです。それと会社から家ま

で40分ぐらい歩くんですよね。田んぼばかりの田舎道ですが、歩くと頭がすっきりして、気分もよくなります。家に一人でいると、憂鬱になります。どうしてそうなのか考えてみたんですが、インスタのせいだと思います。私が羨ましいなと思う人たちのアカウントに行くと、さらに憂鬱になるんです。

先生　羨ましい人たちとは、どんな人たちですか？

私　入りたかった会社の編集長です。そこに転職したいと思って準備もしたのですが、面接で落ちてしまったんです。きれいで、センスもよくて、他のスタッフもみんないい感じでした。羨ましいことばかりで、「私ってなんなんだろう？」と思ってしまいます。

先生　今の職場の満足度はどのくらいなんですか？

私　業務の満足度は高いんですが、ちょっと飽きてきたというか。

先生　羨ましいというのはわかります。誰にでも理想というのはありますから。でも、人を羨むのと、自分を卑下するのは別の問題ですよね。今は憧れ程度で、それほど深刻ではないようですが。

私　どのくらいが深刻なのでしょうか？

先生　行動に表れるとか。でも、「私だって大丈夫」ぐらい

に思えれば、心配いりませんよ。羨ましいという気持ちをあんまり否定的に捉えない方がいいです。自分を発展させるモチベーションになりますから。

私　　はい。それと、うちの会社の主任を尊敬しているんです。心が健康な時は、「ああなりたい、私もあんなふうにならなきゃ」と思うんですが、日によっては「なんで私はああいう考えができないんだろう？」と思ってしまって、とても落ち込みます。

先生　誰にでもそういう時期がありますよ。挫折を克服することでノウハウが身につくこともあります。それに最近は情緒が不安定だから、同じことでも見方が違ってきてしまうんでしょう。

私　　つまり、情緒の安定が重要ということですね？

先生　すごく重要ですよ。偶然おきる出来事に対する受け止め方は自分の感情や状況によって、千差万別ですから。

私　　感情の状態を良くすることって、できるでしょうか。

先生　良くというより、オーバーにならないように？　極端にならないように自分を変えないと。

私　　それが無理なんです。できないと思います。

先生　やる前から無理って決めつけてどうするんですか。できますよ。今週はわりと調子が良かったんですよね。

先週は良くなかったとおっしゃっていましたが。

私　たしかに。それと一つ事件がありました。映画サーク
　　ルのフェイスブックに、あるインタビューがアップさ
　　れていたんです。そのインタビューにサークルのメン
　　バーたちが「いいね」をつけているので、見にいって
　　みたら、みんな学歴がすごいんです。どうもサークル
　　の代表がいい大学を出ていて、立ち上げの頃にその周
　　辺の知り合いに声をかけたみたいなんです。だから、
　　みんな学歴がいいんだと思います。それを知ったせい
　　で急に引け目を感じて、サークルに行くのが嫌になっ
　　ちゃったんです。だから、私はどこに行っても学歴に
　　ついては一切触れないことにしたんです。相手にも聞
　　かないし、自分も言わない。優越感と劣等感が同時に
　　出てきてしまう。例えば会話の相手がとても感じ良く
　　て、話も合うからと、打ち解けて話をしたとするじゃ
　　ないですか。でも後になってその人がソウル大卒だと
　　わかると、「私の話はみんな馬鹿っぽく聞こえたんじ
　　ゃないか？」という思いが最初に来てしまうんです。

先生　あなたは、大学を出てますよね？　何かの事情で大学
　　に行けなかった人と話をしていて、自分の言動に対し
　　てその人が、「あなたは大学を出たじゃない！」と言

ったとしたら、どんなふうに思うでしょうか？

私　「そんなの関係ない」と思うでしょう。

先生　そうですよね。大学は高校の成績で決まりますが、そこから先の本人の関心によって、深さや広がりは本当にいろいろですよね。高校の時の成績が残りの人生を保証してくれるわけでもないし。

私　そうですよね。

先生　相手が自分より優秀だと思ってしまう、そんな時は同じ条件で他の人と比べてみてください。例えば家の事情で高校も出てないのに、頑張って努力して何かを成し遂げた人が、テレビに出たとします。学歴重視の見方をすると、その人の努力の価値も切り捨てられてしまいます。でも、そうでしょうか？

私　違います、違います。

先生　そうでしょう。自分が有利な時にはそういう基準を持ち出さずに、不利な時だけ持ってくる。たしかに社会的には大学のレベルが高いほど有利な面はあるでしょう。でも、もしあなた自身が今、転職をしようとするなら、学歴よりも履歴のほうが重要じゃないですか？

私　そう考えるように、努力すべきですよね？

先生　オートマティカルな思考方式を少し抑える努力をされ

た方がいいですね。

私　私自身が変わらなければと思います。私、学歴コンプレックスのせいで途中で大学を変わったんですよね。当初は本当によかったんです。でも、大学って外的な要因じゃないですか。望みが叶ったはずなのに、憂鬱な気持ちはなくなりませんでした。

先生　望みが叶ったと言われますが、本当に自分が望んでいたかが問題ですよ。

私　それは、よくわかりません。

先生　例えば、自分が行こうとしている目的地ではなく、ただKTX（韓国の高速鉄道）に乗るのを目的と勘違いしていた可能性もあります。もしかしたら、それはご自身の考えではなく、社会的な意識や先入観に囚われていただけかもしれませんよ。

私　でも、私は文芸創作科に行ったのは、本当によかったと思っているんです。

先生　だからです。他人がどうこう言うことよりも、自分がよかったとか、嬉しいことの方が大切なんです。人にどう見られるかより、まずは自分自身の要求に応えてあげないと。

私　さっきも言いましたけど、私にはそれがよくわからな

いのです。「これは私が望んだのか、他人が望んでいるのか」というところ。

先生　そう言いながら、わかっていることもあるじゃないですか。文芸創作科に入って嬉しかったことと今の仕事には満足していることが、いちばん率直な気持ちなんじゃないですか。

私　ストレートに湧いていくる感情ですよね？

先生　はい、楽しさです。

私　楽しさよりも、他の感情の方が強かったら、やらない方がいいんですか？

先生　さあ、それはどうでしょう。時には様々な事情で嫌なこともしなければいけませんから。

私　映画サークルはもうすぐ終わります。その後、新しい集まりがスタートするのですが、やりたいのかやりたくないのか、よくわからないんです。

先生　サークルのいいところと悪いところを書き出して、一つずつ読んでみれば答えが出るかもしれません。どっちにしろ、趣味のことですから。趣味がストレスになってはいけません。ただ、それをやらない理由というのが、怖くて尻込みしているのではなければいいのですが。

私　　　私って被害者意識が強いじゃないですか。サークルで
　　　　も、みんなが私を嫌っていると思ってしまうんです。

先生　　どんな時に？

私　　　ある日の会が終わってお酒を飲みに行ったんです。酔
　　　　っぱらいたくなかったので、最初は加減していたので
　　　　すが、結局、酔ってしまったんですね。酔っていたせ
　　　　いで記憶が曖昧なのですが、代表と進行役が私を帰そ
　　　　うと目配せしているのを見たんです。うっすらとした
　　　　記憶ですが、恥ずかしかったし、私を嫌っているんだ
　　　　と思いました。

先生　　酔っているのが嫌なんじゃないですか？

私　　　はい？

先生　　友だちが酔ってしまった時、心配になって「早く帰っ
　　　　た方がいいよ」と言うことがあるじゃないですか。

私　　　あ、たしかに。なんで気づかなかったんだろう？　酔
　　　　っぱらいは嫌ですよね。私もそうです、酔うのは嫌
　　　　です。

先生　　ふつう夢が実現する前は、「これさえ叶えば、あとは
　　　　何もいらない」と思うじゃないですか。夢が叶った時
　　　　の気持ちを思い出せば、今の人生がボーナスみたいに
　　　　感じられませんか。ご自分が何かを羨ましいと思った

時にしても、もし20歳のあなたが今のあなたを見たらどう思うでしょうね？　「大学を出て出版社に通ってるんだね？」と思いますよね？

私　　（突然、涙が噴き出す）本当に喜ぶと思います。

先生　「あの人に会って、どうやって入ったか聞いてみたい！」と思うかもしれませんね。なのに、今のあなたはまるで自分の人生と過去が失敗だったみたいに思っている。でも、子供の頃の基準からすれば、今の自分はとても成功しているともいえるんです。

私　　時々、こんなふうにも考えるんです。35歳の自分が28歳の自分を見たら、とても気の毒？　に思うんじゃないかと。今も、もし20歳の自分に戻ったら、「そんなに思い詰めることはないよ」と言ってあげたいんです。でも、実際にはうまくいかなくて……。

先生　他人とばかり比べるんじゃなくて、自分自身と比べてほしいですね。

私　　じゃあ、被害者意識はどうしたら？

先生　ゆっくり、考えていきましょうよ。性格的なこともありますし。長い間、不安を抱えて生きてきたでしょう。新しい経験が古い経験を覆い隠すようになれば、自分に対する見方も、他人に対する見方も、今よりもずっ

と明るくなるんじゃないでしょうか？

20歳の私が今の私に

他人がどうこう言うことよりも、自分が嬉しいことの方が
大切なんです。人にどう見られるかより、
まずは自分自身の要求に応えてあげないと

いつも未来から過去を振り返っている。そう思ったことがある。
35歳の私が、28歳の自分を見たらどうだろう？　28歳の私が20
歳の私を見たらどうだろう？　過去の自分に会ったなら、そんなに
頑張らなくてもいいよと言ってあげたい。

何もなかった頃、未来も、大学も、お金もなく、読書室の総務をし
ていた頃、編入試験を前に朝の6時からスポーツジムのカウンタ
ーのバイトをしていた頃、鏡の中の自分がモノクロ写真みたいだっ
た頃、その頃の自分が今の自分を想像しただろうか？　大学を卒業
して、入りたかった出版社に入って、やりたい仕事をしている自分
を見たら、どれだけ喜ぶだろうか？

私は十分に一生懸命生きてきた。そして自分がやりたい仕事をして
暮らしている。果たしてこれが望んだ仕事だろうかという不安はな
い。ただ、もっといい仕事をしたいだけ。それだけでも十分なのに、
どうして高いところばかり見て、自分を苦しめるのだろう。20歳
の自分が今の自分に会ったら、きっと泣いてしまうと思う。うん、
それで十分だよと。

特別になりたい気持ちは
それほど特別ではなくて

先生　調子はどうですか？

私　　よかったです。

先生　どこらへんがですか？

私　　いろんなことがありました。友だちができたんですよ
　　　ね。お互いすごく違うんですが、すごく似ているんで
　　　す。性格は違うんですが、考えることが似ているとい
　　　うのかな？　だから、すごく仲良くなりました。でも、
　　　この関係についても、ものすごく不安なんです。私っ
　　　て本当は友だちがあまりいないんです。誰かと気軽に
　　　仲良くなろうと思わないし。実は大学の最後の年に、
　　　親しい友だちがいたんです。その子とは専攻は別だっ
　　　たのですが、同じ小説創作の授業をとっていたんです
　　　よね。彼女は小説を書くのがものすごくうまいんです。
　　　なので、私から声をかけて、すぐに親しくなって、1

学期の間ずっと一緒にいました。ところが、結局その子とは連絡を取らなくなってしまったんです。すごく似ていると思っていても、時間がたつとお互いの違いがわかってきますよね。その子は私が心配性で小心者なのを知らなかったみたいです。私の性格が理解できなかったんだと思います。つきあいが長くなるにつれて、何を言えばいいかわからなくて、自信もなくなるし、自己肯定感も下がっていきました。講義が終わった後も、その子との小説の勉強会は続けていました。でも、その頃には私の不満も頂点に達して、勝手に勉強会に行くのをやめてしまったのです。それからは、もう連絡を取ることもありませんでした。それがトラウマになっているとは思っていなかったのですが、今回、新しい友だちができたら、急にそのことを思い出して不安になりました。「またあの時みたいに離れてしまうよね?」と、捨てられるんじゃないかと心配になりました。「こんな私を知ってしまったら、別に会わなくてもいいと思うんじゃない?」と考えたりして、怖いんです。

先生　だからといって、今、特にできることはありませんよね?　普通に誠実につきあえばいいのでは?　そもそ

も捨てられるかもしれないという不安は、自分が何か
を所有した瞬間から始まるものですよね。

私　所有というわけではなくて……。私って誰かを好きに
なると、相手に舐（な）められるような気がするんです。

先生　そうだとしたら、もうすでに勝負はついていますね？
つまり、より好きになった方が負けということでしょ
う。

私　そうなんです。その友だちは他人にあまり興味がなく
て、私はそういう人に惹かれるんです。その子は会社
にも特に親しい人はいないのに、でも私とは仲がいい
というのが感動。感動しながら、なんだか卑屈だなと
思ってしまって。

先生　まるで自分が選ばれた人間のように思えたんですね？

私　そうなんです。可笑しいですよね。

先生　愛情を分散させた方がいいですね。だんだん、不利な
立場になっていってしまいますよ。それに犠牲が大き
いと、必ずその代価を求めますから。私はこんなに尽
くしているのに、向こうは何もしてくれない。それで
相手にもっと入れ込んでしまうのです。

私　でも、私は思っているだけで、行動に移すことはない
んです。何もしないくせに、勝手に期待して勝手にが

っかりするんです。

先生　人はもともとそんなものでしょう。「せっかく自分を
　　　選んでくれた人を裏切れない」という思いで、さらに
　　　囚われてしまう。親しくなりすぎるのを警戒したり、
　　　親しくなった後で捨てられちゃうんじゃないかと不安
　　　になるより、「私は本当にこの人と合うのだろうか、
　　　どこが好きで、どこが好きではないのか？」そんなふ
　　　うに考えてみることもできますよね。

私　　彼女は特別な人なのに、私はどこにでもいる平凡な人
　　　間、そんなふうに思えてつらいんです。

先生　だったら、相手の立場からいえば、どこにでもいる平
　　　凡な人を選んでしまったということですか？　会社で
　　　誰とも仲良くならない人が、わざわざ特別ではない人
　　　を選んだということですね？

私　　そういうわけではないんですが……。それと、私はな
　　　るべく率直であろうと思っているんです。率直な時の
　　　方が、いろいろスムーズに解決したと思うので、愛情
　　　があるなら率直なところを見せたいと思います。

先生　率直なところを見せる怖さってありませんか？

私　　あります。だから、前置きをするんです。

先生　それはいいことですね。

私　　よかった。だから、その子にも話したんです。本当は
　　　私って平凡でつまらない人間で、あなたがそれを知っ
　　　たらがっかりするかもしれないと。そうしたら、彼女
　　　が自分も平凡だと思うって。私は文芸創作科を出て出
　　　版社にいるせいか、芸術家に会う機会も多いのですが、
　　　彼らとは温度差を感じるんです。私が一方的に思い込
　　　んでいるだけかもしれませんが。ただ、芸術とは関係
　　　ない人たちといても、私ひとり離れ小島にいるみたい
　　　な感じがするんです。こっちでもなく、あっちでもな
　　　い、浮いてるというのでしょうか。その友だちも、そ
　　　うだと言うんです。「芸術作品も好きだし、無限挑戦
　　　（韓国の TV バラエティ）もすごく面白い」。芸術家で
　　　も大衆でもない、自分自身は半人半獣みたいだと言っ
　　　ていて不思議でした。実はあなたと疎遠になるのが怖
　　　いのと言ったら、その友だちは、2 人とも仕事もある
　　　し、しょっちゅう連絡はできないと思うけど、お互い
　　　に対する気持ちを大切にすればいいんじゃないかと、
　　　言ったのです。

先生　今のままいられるといいですね。あまり未来について
　　　考えすぎない方がいい。自分の不安な気持ちが相手に
　　　とって重荷になるかもしれません。

私　　大学最後の年の、あの友だちもそうだったんでしょう
　　　か？

先生　そうかもしれません。愛情がめばえ、相手が優秀で絶
　　　対的だと信じるあまりに、自分をダメだと思ってしま
　　　うこともありますよ。相手との物理的な距離は縮まっ
　　　ても、心理的にはむしろ遠ざかってしまうのです。そ
　　　れは劣等感として表れ、やがて「あの人と私とは疎遠
　　　になるだろう」と考えて、その確認作業を始めるので
　　　す。直接、相手を問い詰めたり、あるいは間接的な行
　　　動で。相手は不快に感じたかもしれませんね。

私　　相手がそう感じたということですか？

先生　その可能性もあるということです。相手の心を確認し
　　　たい気持ちはわかるのですが、そのやり方が子供っぽ
　　　いというか。

私　　どうしてなんでしょう？

先生　一時的な満足感を得るためでしょう。でも、それは瞬
　　　間的なものですよ。そんなことよりも、大好きな人に
　　　会うこと、それこそがかけがえのないことだと思えば、
　　　満足できますよ。一緒にいる時間に意味があるのです
　　　から、どんな関係だとかは大きな問題ではないでしょ
　　　う。

私　　そうですよね。自分がとても平凡で、つまらない人間
　　　だと感じるのは、どうすれば直せるのでしょう？

先生　直さなければいけない問題ですか？

私　　私は自分を好きになりたいんです。

先生　直すような問題ではないと思いますよ。それは自分を
　　　どんなふうに捉えるかによっても変わりますよね。芸
　　　術家に会えば、彼らにはあって自分にはないものを見
　　　る、他の人に会う場合も同じでしょう。その見方を変
　　　えたらどうですか？　「この人たちは芸術家だから、
　　　敏感すぎて疲れそう」と考えることもできるし、他の
　　　人たちと会った時だって「なんだか話が合わない」と
　　　割り切ってしまえばいいじゃないですか。同じ状況で
　　　も、見方によって結果が違ってきます。今あなたは自
　　　分が勝手に決めた基準に縛られて、つらくなっている
　　　のです。

私　　自分で自分を苦しめているんですね。

先生　「平凡」という言葉は自分を守るための方便かもしれ
　　　ません。「劣っている」とはおっしゃらないですよ
　　　ね？

私　　そうですよね。その子に出会ってから、その思いが強
　　　くなったみたいな気がします。彼女が型にはまったこ

とをすごく嫌がるんです。私もお決まりのことは嫌だ
し。

先生　でも、あなたがお決まりだと考えていることと、相手
　　　がそう考えていることは同じでしょうか？　同じよう
　　　に古臭いなと感じる部分はあるとしても、それぞれで
　　　違う捉え方もしているでしょうし。自分自身を特別だ
　　　とかそうじゃないとかで分ける、二分法的な考えはや
　　　めた方がいいと思います。「良い悪い」だけで白黒が
　　　つくことはありません。

私　　そうですね。私は一人でいるのが好きです。でも、そ
　　　れには条件があります。私を愛してくれる人がいるこ
　　　と。私を気にかけてくれる人がいて初めて、一人でい
　　　られるのです。6ヶ月間誰ともつきあっていなかった
　　　時、ある朝目を覚ましたら、私を訪ねてくる人もいな
　　　いし、愛してくれる人もいないことに気づいて、とて
　　　もつらかった。今でもそのことを思い出します。

先生　他人の関心を引くために、自分を不安な気持ちに追い
　　　込めば、他人はあなたを気にかけるでしょう。その後
　　　であなたが落ち着けば、周りの人々は安心しますよ
　　　ね？　でも、そうすると、あなたはまた挫折を感じる
　　　んでしょう。意図的ではないにしろ、「私が幸せにな

ると、みんなの関心から遠ざかってしまう」という恐れが生じるかもしれません。ということは、つまり、私は幸せになってはいけない人だ、ということになります。今は、一時的な関心で不安が解消されるかもしれませんが、長い目で見ると、甘いものでじわじわ虫歯がひどくなっていくような状態といえます。

私　　新しくつきあい始めた友だちも私に、少し一人になってみたらと言うんです。ちょっと他人に頼りすぎだと。彼女は一人でいるうちに、誰かが自分を好きでなくても平気な時期が来たと。一人でいることは、本当に効果があるのでしょうか？

先生　他にどうしようもなければね。でも、無理にそんなことをする必要がありますか？　それもやっぱり極端な選択だと思いますよ。今は空虚と恐怖が入り混じって、自分を守るための助けを求めているのかもしれません。でも誰かに頼って、助けを求めれば、その場では満足できても、後になって一人で立てなくなるかもしれません。そうなったら、新しい関心事や楽しみにも興味を持てなくなりますよ。

私　　あ……、先生が前に20歳の私が今の私を見たらどう感じるか考えてみろとおっしゃいましたよね。あれは

すごくよかったです。それで、最近思うんです、前は
ルールや規律に縛られすぎていたなと。私って、本当
は群れるのが好きではないんです。小学校２年生の
時、ウンギョンという子が学級委員で、みんなの代表
みたいな感じでした。リーダーシップもあって。ある
日、彼女がユンジンという子を自分の家の前まで連れ
ていったのです。それで私が「なんでユンジンをあな
たの家の前まで連れていったの？」と聞いたら、なん
と「ユンジンのことが好きだから」と言うんです。そ
れでユンジンに「あなたは好きなの？」と聞いたら、
「うん」って。次の日から私は仲間外れにされちゃっ
たんです。ウンギョンに話しかけると、私を無視して
透明人間のように扱って、隣の子に何か耳打ちをして。
その時から、女子全員が私と口を利いてくれなくなり
ました。それからというもの、「人の恨みを買うよう
な行動はやめよう。ただ、集団の中にいよう」と心に
決めて、努力を続けました。でも、高校生の時に、考
えが変わったんです。それがどんどんエスカレートし
て、大学の時はほとんど一人でいました。会社でもそ
うです。それが幸せだったんです。そのことが嬉しか
ったし、自分を褒めてあげたかった。自分で自分を認

めて、したいようにしたからかな？

先生　したいようにするのはいいですね。でも、まあ一人で行動することは、諸手を挙げて称賛することでもないでしょうが。選択の問題ですよね。そのことで「幸せだった」という記憶があるなら、そのことはよかったと思います。自分が安らかでいられる、自分だけの方法を探し続けることは重要ですから。

私　はい、わかりました。

離れ小島

私は一人でいるのが好きです。
でも、それには条件があります。
私を愛してくれる人がいること。
私を気にかけてくれる人がいて初めて、
一人でいられるのです

あなたが、ここはすごく居心地がいいと言った時、居心地が悪いと感じる私は自分がとても惨めだった。私もここは居心地がいいと、気楽におしゃべりして、無邪気に笑いたかったのに、私の口から出る言葉はいつも疲れ切っていた。一緒にいても私は影だった。深い暗闇を身にまとい、あなたの横にぴったりと寄り添い、あなたの行動に従うだけの。

すごくいいね、すごく落ちつく、そんな言葉を口にして暮らすあなたが羨ましかった。無邪気に笑って、気楽に誰かを好きになれる、誰かを好きになれば、簡単に親しくなれる、その天真爛漫さが羨ましかった。

自尊感情という奴

　切ない。切ないという表現がぴったりだ。心はすでに切ないのに、頭は切ないのが嫌で、獰猛な獣のように、自分に対して辛らつになる。対立する感情が一つの身体から湧き起こり、存在が歪む。そうして、顔全体を、耳まで赤くした状態で相手に向かった後、決まって鏡を見る。一人ぼっちの戦争をした直後の顔はぼろぼろだ。焦点の定まらない充血した目、乱れた前髪、何を考えて生きているのかわからないぼんやりした表情。自分を不透明な存在だと思う。奈落の底に落ちたような気持ち、苦労してつかんだ精神のバランスが、再び崩れる。

先生　調子はどうですか？

私　　ずっと良かったのですが、木金とちょっと悪くなって、
　　　また大丈夫になりました。

先生　ちょっと悪くなったのは、何かあったのですか？

私　この前、友だちの話をしましたよね。私が不安な様子を見せると、相手の重荷になるかもしれないと先生がおっしゃって。それって頭ではわかるのですが、なかなかうまくいきません。お酒を飲むと本音が出ることってあるじゃないですか。木曜日にその友だちとビールを飲みに行って、大学の最後の年に仲が良かった子の話をしたんです。そのついでに、私の不安感のこともまた話したんです。前にもした話なのに……。すごく後悔しています。

先生　友だちは何て？

私　ただ、「そうなのね」って感じ？　ずっと同じ話をしているから。そのせいで明け方にものすごく憂鬱になって後悔もしたのですが、金曜日にはまたすぐ良くなりました。私、誰かを好きになると、その相手になめられるような気がするって話、しましたよね。その上、私は姉に頼って姉に世話してもらっていた。友だち関係や恋愛関係でも、私が相手を守ったり助けてあげるというよりも、いつもしてもらう側でした。ところが、その子には「なんでもしてあげたい」と、初めて思ったんです。

先生　本人がそんな様子だったのですか？

私　そういうことではないのです。少し違います。彼女は感情を表に出すのが下手なんです。私は自己表現が上手な方だと思うんですよね。自分の感じ方や自分の気持ちを、自分の言葉でうまく整理して伝えられるタイプなんですが、彼女はそれがうまくできないのです。自分でも苦手だと言っていました。感情を抑えるタイプのようで、心配になりました。これは私が本で読んだのですが、「感情にも通路があって、否定的な感情だからと溜め込んだり、抑え込んだりすると、肯定的な感情すら出てこなくなる。感情の通路が詰まってしまう」と。私はこの文章にとても共感したんですよね。だから友だちにも話したんです。そうしたら、それからというもの、その子が別に大したことでもない話を、カトク（カカオトーク。韓国のメッセージアプリ）で何十個も送ってくるので、ちょっと面倒くさくなってしまって。

先生　面倒くさい？

私　はい。

先生　先週はそんなことなかったじゃないですか。

私　はい。「私がよくしてあげるから、軽く扱われるのか

な」という思いに囚われていました。それで、木曜日
はかなりキツかったんだと思います。金曜日によくな
ったのは、私って勘違いが多いじゃないですか。だか
ら「もう一回考えよう！」と思ったら、その子って元
からそんな性格だったなと。「元から優しいタイプで
はないし、私がつきあいやすくて、親しいからそうい
う態度を取るのであって、私を軽く見ているからじゃ
ない」と思ったんです。その次に、「あの子に軽く見
られたとしてどうよ？　馬鹿にされたとしてどうよ？
そういうことだってありえるでしょ」と思ったんです。

先生　大学時代の友だちの話をしてつらくなったんじゃない
　　　ですか？　そうは思わなかったんですか？

私　　木曜日にはその話をしたことをすごく後悔しました。
　　　どうしてこんなに人をうんざりさせるんだろうと反省
　　　もしたし。でも、翌日になって、彼女が特に気にして
　　　いる様子はなかったので安心したのです。もし、冷た
　　　くされていたら、「あの話をしたせいだ」と思ったで
　　　しょうね。

先生　中間がないですよね。

私　　いつも極端でしょう。超極端。

先生　相手をうんざりさせるんじゃないかと心配して、実は

自分がうんざりしているんじゃないですか？

私　はい、こういう自分のアンビバレンツな感情がおかし
　　いんじゃないかと思って。それでお話ししたんです。
　　それと前回のカウンセリングで「誰かに選ばれた」と
　　いうことに対して、私が責任感を覚えるかもしれない
　　とおっしゃったじゃないですか。あの時は認めなかっ
　　たのですが、その通りだと思います。「あの子が私を
　　選んだのだから、私に心を開いてくれたのだから、私
　　はもっとよくしてあげなきゃ」という気持ちになりま
　　した。

先生　階級社会でもない限り、誰かが誰かを選ぶとか、そん
　　な権利はありません。要はお互いの関係性の問題です
　　から。恋愛をする時だって、自分が優位になったり、
　　不利になったりして、立場が入れ替わりますよね？

私　はい、それが嫌だから、結局、私をいちばん好きにな
　　ってくれる人とつきあうんです。

先生　その友だちに隙が見えたから、少し優越感が湧いたの
　　でしょう。逆に友だちの態度が残念だったとしても、
　　それには他の理由があったかもしれないのに、両極端
　　なことばかり考えますね。別の見方だっていくらでも
　　できるのに。よく考えてみれば２つの考え方の共存

も可能なのにあなたは全てにおいて極端な順位付けを
しているみたいです。そのままでは、相手の態度によ
って自分の態度を変えるようになってしまいますよ。
自分が何かしてもらった分だけお返しするというよう
にね。それは自分を苦しめることになります。

私　　ああ、そうですね。「私は真剣なのに、向こうはただ
寂しくて私に甘えているんじゃないか？　私は軽く見
られているんじゃないか？」と思ってしまうんです。
すると、「そんなのは絶対に嫌だ！」という気持ちに
なってしまって。

先生　その不安な気持ちが相手をもっと不安にしているかも
しれませんよ。向こうだってあなたと同じように感じ
るかもしれないのだから。無意識に。まるで磁石のよ
うに。近づけば離れ、離れようとすると近づいてしま
う。その関係については、これ以上無理をしない方が
いいと思います。逆に考えれば、面倒だと言いながら、
相手から寄せられる関心を楽しんでしまえるというこ
とですからね。

私　　そうなんです。面倒を楽しんでいるんです。変態的じ
ゃないですか？

先生　何でまた変態とか……みんなそうですよ。自己肯定感

を守るための、最低限の手段だというぐらいに考えれ
ばいいと思います。

私　　大丈夫でしょうか?

先生　ええ。

私　　私、とても狭い家に住んでいたんです。最近はマンシ
　　　ョンのベランダを見ただけで、広さがわかるじゃない
　　　ですか。私は、それが恥ずかしくて。そして、それを
　　　恥ずかしがる自分がもっと恥ずかしかった。だから大
　　　人になってからは、恋人や友だちに平気なふりをして
　　　それを話していたんですよね。ところが姉と妹は嘘を
　　　つくんです。それで私が「なんで嘘をつくの?」と言
　　　ったら、「ここもあそこも似たようなもんじゃない?
　　　わざわざ言うことでもないでしょう」と、あたかも大
　　　したことではないみたいに言うんです。私は後ろめた
　　　さがあるのに。

先生　いいんじゃないですか。その方が自分にとって楽なら。

私　　あ……。

先生　強迫観念にかられて、いつも理想のものさしを取り出
　　　して、その基準に当てはめようとしていますよ。自分
　　　を罰する方法はいろいろありますね。

私　　私は良くなっているんでしょうか?　専門家から見て。

先生　大丈夫ですけどね？

私　　自分では良くなっていると感じています。会社でも大
　　　丈夫だし。

先生　他のことはともかく、面倒な友だちができたじゃない
　　　ですか。友だちの反応が面倒だと言ったでしょう。

私　　私はしょっちゅう面倒になるんです。相手が誰でも。
　　　「あの子が私を嫌いになったらどうしよう、うっとお
　　　しくなったらどうしよう」そんな気持ちでつきあって
　　　もいいんでしょうか？

先生　そもそも相手の行動一つ一つは、単純な「私を嫌いだ
　　　から」「私を好きだから」のサインではないですよ
　　　ね？　友だちの行動というのだって、その友だちが嫌
　　　いというよりは、その友だちの行動が嫌だったんじゃ
　　　ないですか。今あなたは相手のどんな行動も、もれな
　　　く「拒絶」と解釈していますね。

私　　いつだってそうなんです。どんな小さな反応でも「も
　　　う私のことが嫌いなんだ」と考えてしまいます。

先生　他の理由だって考えられるでしょうに、いちばん極端
　　　な考え方をしてしまうんですよね。その基準を相手に
　　　まであてはめて。自分で自分を苦しめているんですよ。

私　　そうなんです、いつも極端な考え方に振り回されてい

るので、もう少し健康的な関係でありたいと思っています。

先生　誰とつきあっても、絶対的な存在ということはありえないですよ。どこかしらに不満もあるでしょうし。常に部分と全体とを分けて考えてほしいと思います。誰かのある部分が好きだからといって、全てを好きになれるわけではないし、どこかが気に入らないからといって全てが嫌いになるわけじゃないですよね。もうちょっと違った考え方ができるといいのですが。

依存に依存しないように

先生への依存が始まったような気がする。今の私に先生は絶対的な存在に思えてしまう。専門家であり、解決策を提示してくれるからだ。

私の中にある陳腐な感情を取り除いてしまいたい。特別なふりをしたいわけではなく（自分を特別だと思うことは重要だけど）、ただ幸せになりたいだけなのだ。例えば、他人の感情や行動が私を支配すること、間違った考えが極端な感情に向かってしまうこと、この繰り返しが私という人間を決めつけ、枠の中に閉じ込めているのを壊してしまいたい。私自身が自分の人生のオーナーになりたい。やりたいようにやって、悔いのない人生を。

極端な感情で自分を追いつめて幸せになれるだろうか？ 鬼のように自分を客観視することで、私に何が残るのだろう？ 時には自分を守るために合理化することも必要だ。ところが私は自分を客観的に見たいというだけの理由で、長い間ずっと自ら胸に刀を突きつけてきた。これからは、「こうすべきだ」という公式に縛られずに、主観的な個人を認めていこうと思う。

私が私を知るためには、
どうすればいいのでしょう?

先生　調子はどうですか?

私　　よかったです。

先生　日中、眠くなりませんでした?

私　　はい。夜もよく眠れましたし。途中で2、3回目が覚
　　　めますが、昨日も10時間寝ました。ところで私、お
　　　酒を飲んで、酔っている時はいいのですが、目が覚め
　　　ると、前の恋人に会いたくなるんです。どうしてなん
　　　でしょう?

先生　連絡はないのですか?

私　　ありません。

先生　思い出さない方がおかしいでしょう。一緒に過ごした
　　　時間というものがあるのですから。それをおかしいと
　　　か考えないでください。

私　　もしかして、酔っている時の方が本心に近いんでしょ

うか？

先生　酒に酔った時に本音が出るってわけでもないですよ。
　　　酔った勢いの勇気や衝動はありますが、それで第三の
　　　人格が出ることもあります。

私　　（突然、雨音が聞こえる）今、雨が降っているんです
　　　ね。あと、仲良くなった友だちから、いろいろ影響を
　　　うけています。誰かと親しくなると、その人が好きな
　　　ことを知りたくなるじゃないですか？　それで彼女が
　　　好きな本を読んだり、音楽を聞いてみたのですが、お
　　　かげで新しい本や音楽に出会えて嬉しいです。それと
　　　来週からは私が好きな作家の小説の授業を受けること
　　　になりました。

先生　一人でですか？

私　　そうです。前に落ちたブランチ（創作ポータルサイ
　　　ト）の作家の授業に、今回は選ばれたんです。それが
　　　嬉しくて、それと友だちと1週間に1度、そこに読
　　　後感を書くことにしました（が、たった1回で終わ
　　　ってしまった）。あと、私は2年間小説を書くのをや
　　　めていたのですが、久しぶりに短編小説の構成を練っ
　　　てみたら、気分が良くなりました。「まっさらな気持
　　　ちになってみよう」という思いで、やってみました。

先生　想像の翼を広げることはとても有効でしょう。現実の
　　　衝動を緩和することもできるし、代理満足もできます。
　　　タトゥーの件はどうなりましたか？

私　　今日、行ってきます。

先生　誰かと一緒に行きますか？

私　　一人で行きます。今日、初対面の人に会うんです。私
　　　はブログをやっていて、一人で落書きみたいに文章を
　　　書くところなんですね。いつからか、私の書いたもの
　　　にハートマークをつけてくれる人が一人二人できたん
　　　です。私も自然にその人たちとつながって、書かれた
　　　ものを読んだり。それでも、特に親しくなったわけで
　　　もなく、興味もありませんでした。ところが私が通院
　　　記録を書き始めた日に、頑張れとコメントをくれた人
　　　がいて。その後、私が「ものすごく憂鬱だ」という内
　　　容の文章を書いたら、その人が頑張れと、今度美味し
　　　いものをご馳走してあげるからというメッセージをく
　　　れたのです。その時、どうしてそうしたかわからない
　　　のですが、「土曜日に会いましょう」と約束をしたん
　　　ですよ。今日の夜、その人に会います。

先生　怖くないですか？

私　　不思議なことに、怖くないんです。そこまで深いつき

あいではないからでしょうか？　以前の私だったら、
人身売買だったらどうしようとか、相当怖がると思う
んですよね。ところが、今回は不思議なことに怖くな
いんです。

先生　文章で交流していれば、お互いを理解することはでき
るでしょうが、注意は必要でしょう。でも、なんであ
れご自分で選択したことなら、それはそれでいいこと
だと思います。

私　前だったら、「インターネットで知り合う？　何それ、
ウザ」だったのですが、異常だとかぜんぜん思わない
んです。でも、1時間以上連絡がとれなくなったら通
報しろと友だちに言っておかないと。

先生　そこまでして、なんで会うんですか（笑）。会ったら、
連絡先を交換しますよね？

私　いえ、もうしました。

先生　だったら、その連絡先を友だちに知らせておけばいい
でしょうね。別れた恋人から連絡が来ない件は、大丈
夫ですか？

私　大丈夫です。もう少し時間をおいて、連絡してみるつ
もりです。彼が本当に私と終わりにするつもりだった
のなら、こんなふうじゃなかった方がよかったなと思

って。最後があまりにも情けなかったんです。

先生　どうして時間が必要なんですか？

私　　怒りが鎮まる時間？　のようなものです。なぜ胸が痛いのかって、私は彼を馬鹿にしていたわけではないのに、彼はきっと私に完全に馬鹿にされたと思っているはずです。そのことが彼をずっと苦しめるのではないかと思って心配なんです。

先生　いずれにしろ、その時間にきちんとけじめを付けたいという気持ちはいいと思います。ただ、今まで「私に合う人、私に必要な人はこんな人」と考えていたのなら、これからはなるべくいろんな人に会った方が、バランス的にもいいと思いますね。例えば、初恋の相手と別れて「もう二度とこんな恋愛はできない」という人だって、時がたてば新しい人ができて忘れてしまうでしょう。今は思春期みたいなものだと思って、これまでとは違う選択をしてみたり、失敗するとわかっていても、いろいろ経験してみる時間が必要だと思います。

私　　たしかに。友人たちは最近の私が好きだと言ってくれます。明るくなったと。

先生　友人たちの話よりも自分自身の満足度の方が重要です。

（きっぱり）

私　　それは、結構波がありますね……。今週はよかったんです。私自身も自分に好感が持てて。書くことを再開しようと決めたのも、小説の授業に申し込んだのもよかったし、今週は私自身に対する満足度が高かったんです。

先生　タトゥーもうまくいくといいですね。

私　　うまくいくはずです。それと前回、先生はおっしゃいましたよね？　いいことだってたくさんあるのに、悪い点ばかり探していると。どうしてそうなってしまったのか考えてみたんです。例えば、私が誰かにふられたとするじゃないですか。「彼は私を好きではないんだ」と思っているのに、本に「愛の模様と色はそれぞれ違うのだから、あなたの思いだけで判断してはいけない」というフレーズを見つけて、「そうだ、彼にもいろんな考えがあるんだろう。何か別の事情があるのかもしれない」と、こんなふうに考え直すのは、自分で自分を正当化、合理化するみたいで、私にはできないのです。

先生　どうして正当化、合理化することに否定的なんですか？

私　　なんていうか、真実を認めず、拒否している感じで？

先生　それは成熟した自己防御の一種ですよ。自分の傷や決断について、理由を探しているということですから。

私　　自分を守ろうとする方法としてはアリなんでしょうか？

先生　はい。理性的な判断をしているということでしょう。行きすぎると問題ですが。いくらでもいいように解釈することはできますから。

私　　友だちに恋愛について相談されたことがあります。私は「ちょっと、それは単なるキープじゃないの！ そんなこともわからないの？」と言いました。でも、友だちは全く動じないんです。「違うのよ。あなたには、私たちの関係がよくわかってないから」と、こんな感じで。私もそんなふうになりたいです。ずっと他人の言葉に振り回されて、他人の基準で判断してきたなと思うのです。

先生　だったら、まず自分自身を知らないと。

私　　そうですよね。私は自分をよくわかっていないんだと思います。

先生　だから、です。

私　　自分を知るためにはどうすればいいんでしょうか？

先生　みんな自分のことは自分がいちばんよく知っていると
　　　思っているのですが、「本当によく知っているのか？
　　　『群盲象を評す』という言葉のように、自分が見たい
　　　一部分だけを見ているんじゃないか？」と考えてみる
　　　ことでしょう。

私　　じゃあ、どうするのが正解なんです？

先生　自分を多面的に見ないと。

私　　あ、なるほど、なるほど。人を多面的に見れば、その
　　　人を憎む理由はないですもんね。私もそうしたいなと
　　　思いました。

先生　子供が読む童話の本は平面的ですよね。悪い人と良い
　　　人が真っ二つに分かれている。でも、大人になってか
　　　ら読む本の登場人物は、単純に「良い、悪い」の基準
　　　だけで語れませんよね。人間を、総合的に見て判断す
　　　るといいと思います。自分を見る時も同じようにね。

私　　書いてみるというのはどうでしょう？

先生　書いてみるのもいいと思いますよ。実際にできること
　　　を、その時その時で行動に移してみながら。ご自分が
　　　今日、タトゥーを入れるとしたら、それをする前とし
　　　た後の気持ちを書くのです。そうすれば、あとになっ
　　　てから、何か共通する部分を発見できるかもしれませ

ん。「私はどんな場面で怖さを感じるのか。どんな場面で安堵するのか」というようなことです。物事を多面的に見る際の、一つのツールになるかもしれません。

　　私が私を知るためには、どうすればいいのでしょう？

どうして正当化、合理化することに否定的なんですか?
それは成熟した自己防御の一種ですよ。
自分の傷や決断について、理由を探すことですから

自分自身を深く見つめてみるのはいつも苦しい。マイナス思考に陥っている時はなおさらだ。なんといえばいいのか、ゴミを踏んでいるとわかっていながら、あえて手で拾い上げてゴミであることを確認するような気分。今日がまさにそれだった。いたずらに不平不満を並べてみたかった。甘えたかったし、憂鬱になりたかった。今の私には憂鬱こそが最も安易な道であり、馴染み深い、身近な感情だから。毎日同じ時間に起きるような、決められた習慣のようなものだから。

時間がたてば良くなるよ。いや、全ては流動的だから、人生も波のように上下に、良くなったり悪くなったりを繰り返すもの。今日が憂鬱なら、明日は幸福になり、明日が幸福なら、また憂鬱になってもいい。自分を愛することだけを考えよう。

私は私でしかない存在、それだけで特別な存在、私が一生かけて面倒を見なければならない存在、だから愛情をもって温かく、一歩ずつゆっくりと、余裕を持ってゆったりと、一つ一つ丁寧に考えながら、助けてやらなければ。しばし休息の時を与えたり、時にはムチを打ってやるべき存在。じっくり自分を見つめるほど、幸せになるのだと信じている。

決めつけて、断定して、
失望して、離れる

先生　調子はどうですか？

私　　よくありません。最近、仲良くなった友だちがいたじゃないですか。いつの間にか、その子の顔色ばかりうかがうようになりました。かなり影響されています。その子に本を貸したんですが、好みを否定されそうで怖くて。

先生　反応があんまりよくなかったのですか？

私　　カトクで感想が送られてきたのですが、非難に近い内容だと感じました。まあ、別に非難だとしても本について非難しているだけなんですが、私とその本の両方が攻撃されていると感じたんです。だからつい「あなたは傲慢で疲れる」と言ってしまったんです。そうしたら、もっとひどいことを言われて。あまりにショックで、そのカトクを全部消してしまいました。

先生　どんな気分でした？

私　　その友だちを失ったことより、またもや自分を馬鹿に
　　　する人間に出会ったことがショックでした。めちゃく
　　　ちゃ落ち込んで、腹も立って。軽んじられる自分が嫌
　　　で、その友だちも憎かった。

先生　やはりいちばん大きな問題は白黒論理ですね。

私　　白黒論理？

先生　はい、自分をコーナーに追い詰めて、「白と黒」の２
　　　つから１つを選ぼうとするんです。誰かとつきあう
　　　とか、つきあわないとか、とても親しくするとか、も
　　　う会わないとか、爆発したり、我慢したり。いつもイ
　　　エスかノーの選択肢だけが存在していて、中間がない
　　　んですよ。その友だちとは「特別な関係」だと思った
　　　から我慢して、つきあいを続けようと頑張ったのでし
　　　ょう。自分をごまかしごまかしだったから疲れただろ
　　　うと思いますよ。

私　　そのとおりです。最初は彼女と自分はよく似ていると
　　　思ったのです。でも実はそうじゃなくて、それでよく
　　　ぶつかるんだと思います。彼女が私と違う意見を言う
　　　と、攻撃されているような気がして傷ついてしまうん
　　　です。だから、もう傷つかないためには、あちらの考

えに私を合わせるか、いっそのこと会わないでおくか
という選択しかなかった。腹を割って話してみること
も、少しギクシャクした関係を続けることもできたと
思うんですが……。

先生　灰色にもいろいろあるし、他の色だってあるのに、灰
色は１つだと決めつけているみたいです。スペクト
ルというのは立体的でありえるのに、直線として見て
いるような。

私　　恥ずかしいですね。人は多面的なものだと常に思って
はいるんですが、私はいつも平面的にしか捉えられな
い。だから、人のある面を見て「この人はこういう人
だ」と決めつけ、断定して、評価して、離れてしまう
のです。

先生　例えば、セヒさんがある作家の書くものが好きだった
として、その人を実際に見てがっかりしても、すぐ立
ち直ると思うんですよ。

私　　もちろんです。それはその人の一部分にすぎないので
すから。

先生　ここでは相手を評価するということではなく、そのも
のさしが自分にも返ってくるということが問題なので
す。酔っぱらった次の日につらくなるのも同じような

理屈でしょう。

私　私がだらしのない姿を見せたら、そのせいで周囲の人々が私を嫌って、離れていくと思ってしまうんです。でも、私は大好きな人たちの、いろんな姿を知っています。ダメなところ、素敵なところ、小心者なところなどなど……。マイナスな部分があっても、その人だから好きなんです。それなのに私自身は、ごくごく小さな部分的なことでも、今にも捨てられるんじゃないかと不安になるんです。

先生　結局は自己肯定感のせいでしょうね。自己肯定感が高く、自分のセンスに自信があれば、誰かがそれを批判しようが非難しようが、気にしないでしょう。

私　そうですよね。あまりにも自分のセンスに自信がないから、そんな心配をするんでしょうね。評価がいったいなんだと。たしかに私は自己肯定感が低くて、その友だちにものすごく影響されていました。自分の中心がしっかりしていないから、相手の話が私への攻撃に思えたり、多様性があって当たり前なのに、それが「正しいか正しくないか」という見方だけになってしまうんだと思います。

先生　他には何もありませんでしたか？

私　　今回、気づいたことがあるんです。私は愛情と影響力を同一視していました。自分の根っこが弱くて浅いせいか、相手に影響力を行使しないと、安心できなかったんです。相手が私の影響を強く受けるほど、私を愛してくれているのだと思って、関係が強固になっていくと信じていました。強固になるのとぐちゃぐちゃに混ざりあうのは別なのに。頭では他者と自分が主体性を持って共に歩むのが健康的な関係だとわかっていながら、心では相手が私の言葉に全く影響されずにいると（ここでいう影響とは、私の話に心を揺さぶられたり感銘を受けたりして、私の価値観に沿って行動し、変化し、従うことをいう。本当に異常）、私のことを深く愛していないんだと不安になりました。

先生　それは承認欲求をさらに強めてしまう行為です。自分が影響されたいから、相手に影響を与えようと必死になるわけで、相手が反応してくれないと、さらに頑張ってしまう。そうやって疲れてしまうんです。これもまたあなたの極端なところだし、自分の限界を決めつけてしまっています。「自分が影響を与えてこそ、相手が自分を愛しているということになる」という信念も極端ですよね。

私　　じゃあ、どうすればいいのですか？

先生　もっと自分に集中してください。自分が好きなものは
　　　何か具体的に書き出してみて、自分が見ている自分と、
　　　周囲の人々が見ている自分との違いを整理してみまし
　　　ょう。それと、他人の顔色をうかがいながらしていた
　　　行動を、もう少し自分主導にしてみた方がいいですよ。

私　　私は自分勝手に行動するタイプなんですけど？

先生　全ての人に対して、同じような行動をしていますか？

私　　いいえ。その友だちには合わせていたと思います。ど
　　　うしてかはわかりません。私じゃない私がひっきりな
　　　しに出てきて疲れるし、そうしまいと思うと相手に失
　　　礼な態度をとってしまうんです。

先生　そうしてでも、本当の自分を出さないと。もう少し自
　　　分中心に、他人を意識しないで、自分のしたいことを
　　　してください。今は人間関係が狭くて、三角形みたい
　　　で、心に刺さることが多いと思いますが、三角形より
　　　も八角形、八角形よりも十六角形のほうがより円に近
　　　いでしょう？　多様で深い関係が増えれば、円のよう
　　　に丸く、角がとれて、刺さることが少なくなるでしょ
　　　う。よくなりますよ。

私　　（感動の涙）はい、ありがとうございます。

その日の真実と人生の真実

誰かが私を見下していたわけではなく、
実は私自身がいちばん自分を見下していたのです

人間は多面的だという言葉は、私がもっともよく使う言葉。でも、いちばん実践できない言葉。人は誰もいろいろな面を持っていて、幸福と不幸は共存していて、全ては相対的だ。誰かが私を見下したわけではなく、実は私自身がいちばん自分を見下していたのだ。その友だちとのカトクを見直してみると、別に気にせずやり過ごしてもいい内容だった。彼女が私を馬鹿にしていると思い込んでいたせいで、その内容を悪く受け取ってしまった。だから彼女の反応を誘うひどい言葉で攻撃したのだ。関係を終わらせようと。

自分が馬鹿にされていると思って関係を壊してしまう人たち、私のように極端な人たちが、これを読んでくれたら嬉しい。私たちはみんないろんな部分を持っている。それが全てだ。一部分をもってこの人との関係を続けるとか、終わらせるという問題ではない。頭ではよくわかっていても、心はなかなか溶け合わない。不幸が不幸として油のようにその表面を覆い、幸福はその下に消えていく。でも、これらが全て詰まった容器が人生なのだということは、大きな慰めであり、喜びである。悲しいけれど、ともかく私は生き続け、生き抜いている。それが慰めであり、喜びなのだ。

ついに、薬物の副作用

　一人でいる時間が好きだった。部屋に寝転がって、本を読んだり、思索する時間。散歩する時間、バスや地下鉄の中で音楽を聞く時間、昼寝の時間、私がもっとも愛する時間だった。ところが、この2週間は「イラつく」という単語が日常を埋め尽くしている。

　会社での時間がこんなにつらかったのは初めてだ。なににも集中することができず、じっと座っていることすら苦痛だった。結局、金曜には半日有給休暇をとった。ところが、休んで家にいても不安と焦り、イラつく気持ちで我慢できなかった。その時になって、これは薬の副作用ではないかという疑問が浮かび、病院に行って、やはりそれが副作用の症状なのだと確認できた。虚しかった。薬が静座不能症（アカシジア）という副作用をもたらしたのだ。静座不能は着席が不能という意味で、じっと座っていることができない状態を指す。立ったり、座ったり、足踏みをしたり、精神安定剤の使用中

にしばしば表れる副作用だという。

私　　薬には耐性がつきますか？

先生　耐性がつく薬もあります。

私　　今、耐性がつく時期なんでしょうか？　もともと薬を
　　　飲むと、だるさを感じながらも落ち着く感じだったの
　　　ですが、今は焦燥感が続くのです。私はそれをイラつ
　　　くという気持ちだと思ったのです。とりあえず、会社
　　　の仕事に集中できなくなって１ヶ月ぐらいになり、
　　　何かしら動いていないと我慢できないんです。バスに
　　　乗っている30分もです。これは副作用の症状ではな
　　　いですか？

先生　はい、副作用ですね。前回、増やした薬のせいだと思
　　　います。じっと座っているのが、つらいんですよね？

私　　はい、とてもつらいです。とても、とても、とても。

先生　電話してくれたら、よかったのに。

私　　「今は仕事が嫌だから、すぐイライラするのだろう」
　　　と思っていたのですが、突然、副作用じゃないかとい
　　　う気がしてきて。

先生　前回、半錠から１錠に増やした薬のせいだと思いま

す。

私　ものすごく、つらいんですが。

先生　横になって寝る時は大丈夫ですか？

私　睡眠導入剤かお酒を飲まないと、焦燥感とイラつきが続いて眠れません。それに、寝てもすぐに目が覚めてしまい、おかしくなりそうです。お酒に酔えば、少し寝られるのですが。

先生　お酒のアルコール成分が、その薬の副作用を少し抑えてくれるんです。

私　私、お酒や薬に依存するようになってしまったんだと思いました。

先生　つらかったでしょうね。

私　つらかったですよ。憂鬱なのとは、少し違いました。私はそういうことに気づくのが遅いみたいです。それと、薬を飲み始めてから、昼寝ができなくなってしまって。寝ようと思っても、寝ているのか起きているのかわからないほど眠りが浅いんです。

先生　今、薬を１つお渡ししますね。（薬を飲む）感情面の方はいかがでしたか？

私　過敏になっていました。

先生　過敏になるしかないですよね。運動とかは、しました

か？

私　　いいえ、しませんでした。でも、仕事が終わってから
　　　家まで歩いて帰りました。その時は、ちょっとすっき
　　　りしましたが。会社にいる時も、しょっちゅう外に出
　　　ていました。こういう副作用がある薬だと、どうして
　　　言ってくれなかったんですか？

先生　以前から使っている薬だったんです。ちょっと量を増
　　　やしただけなので、普通は副作用は起きにくいんです。
　　　朝晩と、副作用を抑える薬を出していましたし。朝、
　　　薬を飲むと、その時だけは少し調子がよかったのでは
　　　ありませんか？

私　　はい。でも、眠くなってしまって。本当にめちゃくち
　　　ゃ大変だったんですから。日記の内容もそんなことば
　　　かりです。「焦り、不安で我慢できない」と。

先生　なんのせいだと思いましたか？

私　　初めは、自分が活動的な人間になったのかなと思いま
　　　した。一人になりたいと思った時も、実際に一人にな
　　　るとホッとするのは一瞬で、すぐにイライラが押し寄
　　　せてくるんです。心もトゲトゲして、周囲の人たちと
　　　の関係もよくありませんでした。

先生　身体の調子が悪いのですから、過敏になりますよね。

2週間前にいらした時、あまりに型どおりの考え方に
　　　こだわっているようだったので、それを抑えるために
　　　薬を増やしたのですが、まさか身体が受け付けないと
　　　は思いませんでした。

私　　調整はできますか？

先生　できます。

私　　薬を飲まないと、すぐ焦りを感じるんですから。「ず
　　　っとこんなふうに薬を飲まなくちゃいけないのか
　　　な？」という不安感に苛まれました。

先生　あなたが薬を飲み始めてから、3ヶ月とちょっとです。
　　　治療期間は症状によって違いますが、つらかった期間
　　　が短ければ短いほど、治療期間も短くなります。もう
　　　少し、長い目で見てはどうでしょう？

私　　そうですね。私は毎回、同じ問題を話していて、先生
　　　もいつも同じ答をしているような気がします。私が変
　　　わらないから、同じ問題が続いているんですよね。

先生　今、おっしゃったことは、とても重要なことです。今
　　　まで自分で気づかずにしていた行動に対して、「私は
　　　いつも似たような選択をしているんだ」と認知できた
　　　ことは治療の成果でしょう。

私　　私の、中間がない白黒論理がずっと問題になっている

じゃないですか。だから中間を選択したかったのです。喧嘩した友だちとの関係も破綻してしまうのは嫌だったから、友だちに私の状況を全て話したんです。あなたが私を馬鹿にしてると思ったのだけど、それは私があまりにも極端だったからで、あなたを理解するか関係を切るかの選択しか考えられなかったと。全て打ち明けてしまったので気持ちも楽になったし、友だちともうまく仲直りができました。

先生　よかったですね。おそらく、今までは作れなかったような関係になるかもしれません。あなたがそうやって行動する度に自由さが広がっていき、お互いに責任を分かち合うことができます。勇気を出して話をして解決したことは、本当によかったと思わなければいけませんよ。今まで起きてきたことは全部、薬のせいだと考えていいと思います。

私　安心しました。仕事が全く手につきませんでした。本当にひどい副作用だと思います。

先生　（医学）用語では、静座不能と言います。

私　静座不能……まさに。その時は、こうしていてはダメだという思いに、何か急き立てられていたんです。マーケティング担当なのですが、編集者になりたくて、

編集者講座の受講をはじめました。

先生　大丈夫でしたか？

私　きつかったです。講義の前にいつもお酒を飲んだから、なんとかなったんだと思います。それでも、本の企画には興味が持てました。企画書を3つ書いたのですが、面白かったです。私自身が書く本も企画しているんです。そんなことが、少し慰めになりました。

先生　ひょっとして、タトゥーも副作用の影響ですか？

私　よくわかりません。もともと計画していたとおりではあるんですが、「なんとなく、やってしまいたい」という思いもありました。

先生　片方の腕にだけしたんですね？

私　はい。

先生　あなたが誰かからの愛情を確認する時は、主にどんな方法を使いますか？

私　不安だと言います。「私のこと、好き？」とか、「よくわからない、不安なの」とか。

先生　それでも、表現はするということですね。薬が心と体の状態に、大きな影響を与えたはずです。

今まで自分で気づかずにしていた行動が、
『私はいつも似たような選択をしている』
と認識できたことは治療の成果でしょう

いつも苦痛やつらさを特別なことだと考えていた。苦痛を前にしな
がらも自己検閲がされていた。私はひどい苦痛を感じながらも、他
人の目を気にしていた。実は我慢できるのに大げさだと思われるの
が嫌だった。恥ずかしかった。だから副作用の症状に気づくのも遅
かったのだ。
私は常に自分が不幸だと思っている、それが自己憐憫（れんびん）だということ
もわかってはいるが、今日ばかりは自分をいたわってあげたいと思
う。痛くても痛いと言えず、そうと感じることもできず、身体と心
がいろんな方法で悲鳴をあげてやっと気づく、痛いという明らかな
事実も自分のせいにしてしまう自分自身を。私はいつも私の標的だ。
相手につかみかかっても、刺されるのは結局、私の役目。だから他
人を傷つけるほどに、もっと大きな傷を負う。でも、いずれにして
も、私は自分の世界に中間地点を作ろうと頑張ったし、副作用の症
状にも自分で気づけたのだから、意味のある1週間だった。

度が過ぎた容姿コンプレックスと
演技性人格障害

先生　この1週間がたって、調子はどうでしたか？

私　　少し、良くなりました。（副作用の症状がなくなった）

先生　周囲の人たちの反応はどうですか？

私　　前の週に会社を辞めたいという話を結構していたんで
　　　す。友だちに副作用のことを話したら、仕事が大変だ
　　　からだと思っていたけど薬のせいだったのねと言われ
　　　ました。恋人に「私、かなり過敏になってた？」と聞
　　　いたら、「それほどではなかった」と、私も楽な気持
　　　ちになりました。

先生　逆に言えば、その前の週は本当に大変だったというこ
　　　とですよね。

私　　はい、本当に。でも、相変わらず仕事はしたくありま
　　　せん。

先生　何かあったわけではなく？

私　　特別なことは何も。今日は誰にも言えなかったことを、話そうと思って来たんです。大したことじゃないんですが、私にとってはすごくコンプレックスというか。私、自己肯定感が低いじゃないですか。だから他人にどう見られるかというのがとても重要なんですよね。本当に恥ずかしいんですが、見た目についての強迫観念がひどいんです。自分の顔が嫌いだし、例えば自分の顔を評価されるのかと思うと、恋人の知り合いにも会えません。

先生　他人に対してもそうなんですか？

私　　他人の見た目を評価するかってことですか？

先生　ええ。

私　　はい。それは評価するでしょう。私自身が顔の評価をすごくやられているんですよ。

先生　やられるとは？

私　　やられるという言い方は、ちょっとおかしいかもしれませんが、私としてはやられているって感じです。暴力的に感じるということです。そのまま、やり過ごすこともできるんですが、私をものすごく傷つける言葉なんです。だから、容姿について誰も話題にしなければいいのになと。今、勇気を出して話しているので、

少しトンチンカンかもしれませんが、思ったままを話しますね。女性には私を可愛いという人が多いのに、男性はそうでもないんですよね。あんまり人気がないんです。例えば女の人たちに「うちの会社でいちばん可愛い子」みたいな紹介をされることがあります。私はそれがとても嫌なんです。顔の評価につながるから。去年の夏、友だちと友だちの知り合いの男性に会ったんですが、友だちが私のことを、会社でいちばん可愛い子だと言ったんです。私が彼女に「どうして、そんなこと言うの！　そんなことないのに」と言うと、友だちは「なんで？　別に主観的な評価だから」とかわしたんです。そしたら、その男性が私に恥をかかせたんです。「会社でいちばん可愛いって言われてたけど？」って、嘲笑するみたいに。

先生　嘲笑されたと感じたんですか？

私　私は嘲笑されたと感じました。その人「でも、ちょっと俺の好みじゃないです」って言ったんですよ。びっくりするやら、腹が立つやらで。こういうことがとても多いんです。だから、「私は男から見ると可愛くない顔なんだ」と思ってしまうんですよね。でも、それを認めるのはつらいし、嫌だし、自虐的になり、コン

プレックスになってしまいました。言っている意味わかりますか？

先生　はい。

私　じゃあどうして、何を言っているのかわからないという表情なんですか？（どうして、こんなにきついのか）

先生　いや、なんというか、ちょっと、複雑ですね。

私　恋人は私を理想の人だといいます。だから私のことが好きなんでしょう。それで、みんなに私の話をしまくって、おかげで私はだんだん彼の周りの人に会うのが嫌になってしまいました。昨日は犬の散歩をしながら、ちょっと彼の家に寄ったんですよね。彼は同級生2人と一緒に暮らしているんですが、家に誰もいないかと思ったら、人が3人もいたんです。その時は私はほぼすっぴんで、突然心臓がドキドキして、その人たちと目も合わせられなかった。だから挨拶だけして、あわてて出てきたんです。あとで彼に「めっちゃ緊張した。なんであんなに人がいるの」と言ったら、彼は「ああ、たしかに、俺もあいつらがいるとは知らなかった」と言っていましたが、私はもう死ぬほど恥ずかしくて。

先生　容姿に対する期待に 100％応えられないとダメです
　　　か？

私　　そんなの主観的なものですから、不可能でしょう。そ
　　　う頭ではわかっているんですが、実際にはうまくいき
　　　ません。ほんと、この問題でどれだけ自分を責めたか。
　　　例えば、芸能人だって全ての人に好かれるわけじゃな
　　　いのに。なんだって私が、他人にもれなく可愛いと言
　　　われなきゃいけないの？　そんなのありえないって、
　　　わかってるんです。ものすごく嫌なんですが、直らな
　　　いんです。

先生　ご自身では自分の容姿をどう思っているんですか？
　　　先ほどの話では、女性はみんなすごく可愛いと言い、
　　　男性にはそれほど人気がないとおっしゃっいましたよ
　　　ね？　では、あなたは自分の容姿を男目線で見ている
　　　ということですか？

私　　はい。だから自分の顔が嫌いです。

先生　手術を考えたこともありますか？

私　　鼻の手術をしたかったし、頬骨も削りたかった。

先生　実際に調べてみましたか？

私　　調べましたよ。病院に説明を聞きにも行きました。

先生　それでも、しなかった理由は？

私　「そこまでする必要があるかな」と思ったからです。「自分の顔を受け入れて、愛そう」という思いが引き止めたんです。

先生　「このくらいなら、まずまず」とは思いませんでした？

私　そう思う時もあるんですが、たいていの場合はそう思えません。もっと言うと、私は友人たちと文章を書く集まりをしていて。その友人たちには、自分をよく見せる必要もないんです。だから人見知りもしないし気楽な会だったんですが、突然私の被害意識が発動したんです。先週、男性2人が私の友だちだけに親切にしているみたいに思えて。もともと、その子は人気があるので、「2人とも、あの子が好きなんだ」と思いました。「でも、私のことは好きじゃないのね。私は魅力的じゃないし、ブサイクだからそうなんだ」と恥ずかしい気持ちが湧き起こり、一人で落ち込んでしまったんです。（本当に書くのがつらい。おかしくなってると思う）そういう考え方をする自分が、とても嫌でした。本当に変な話ですが、新しい集まりに行って、誰も私に関心を持ってくれないと、狂いそうになるんです。私自身の価値基準で異性を評価するのではなく、

彼らからの評価を待つんです。もっとおかしいのは、私の方はその男性たちに異性としての関心がなくても、彼らには私を好きになってほしいと思ってしまうことです。そんな自分が大嫌いだし、本当に嫌な気分です。

先生　逆に、知らない女性ばかりの席で、自分の容姿についての話が出なかったら？

私　別に大丈夫です。

先生　本当に大丈夫ですか？

私　いや、ちがう！

先生　他の人だけが褒められて、自分が褒められなかったら？

私　あ、嫉妬します。嫉妬します。たしかに、女性に対してもそうです。だから、会社の同僚に嫉妬したんですよね。

先生　それで、もっと着飾るとかは？

私　それはありません。先生、こんな人って、あまりいないでしょう？

先生　多いと思いますよ。

私　多いですか？　こんな悩みを先生に話す人がいるんですか？　今、めちゃめちゃ恥ずかしいんですけど。

先生　多いと思いますよ。面と向かって言う方もいるし、遠

回しに言いつつ結論はそこに行きつく方もいるし。

私　　あ、私は直球で話していますよね?

先生　はい。容姿だけにこだわるケースもあるし、他人から
　　　の関心の方がポイントになるケースもあります。

私　　そうなんです。私のコンプレックスは自分の顔と魅力
　　　なんです。私には魅力がないと思うんです。

先生　魅力があるから、周囲からの関心を集めてきたんでし
　　　ょう。それが、その場所から少しずつ押し出される感
　　　じがすると、嫌な気持ちになるんじゃないでしょう
　　　か?

私　　なんでこうなんでしょう?　ここから抜け出したいで
　　　す。

先生　「ヒステリー性性格障害」って、聞いたことあります
　　　か?

私　　いいえ。これはヒステリー性性格障害ですか?

先生　そういう傾向があるということでしょうね。どこに行
　　　っても、自分が主役でなければいけない。

私　　それ、それ、それ、それ、それです。

先生　このタイプの方は普通、2種類に分かれます。一つは
　　　自分の魅力をもっと強調するために、セクシーな服を
　　　着たり、筋肉を鍛えたりする。もう一つは、自分が主

人公になれないと、人々が自分を嫌っていると思って
自虐的になる。

私　私は後者です。

先生　ええ。すでにそれを認知されていたというのは、ご自
分に対してしっかり関心を持っている証拠ともいえま
す。普通はわかりませんよ。

私　自分でとっても深く認識しています。そういうことに
囚われすぎて、小さな言葉でも雷が落ちたように聞こ
えるのです。例えば、文章を書く集まりの時、コンタク
トをせずにメガネをかけて行ったんです。そうした
ら、反応がよくて。一人が「お、メガネかけると、可
愛いじゃん。メガネにしたらいいよ」と。ということ
は、メガネをかけないとダサいってことじゃないです
か。

先生　なんで、そういう話になるかな？

私　極端ですよね？　いずれにしろ、そのことで気分を害
したんです。あとは、みんなで写真を撮った時に、女
友だちが私の写真写りが悪いと言うんです。それで男
性たちに、「この子って本当に写真写りが悪いと思わ
ない？」って。そうしたら、その人たちが、「いや、
変わらないけど」って、そう答えたんです。一人は、

むしろ写真写りがいいって言うし。だから、むかついて。

先生　自分では違うと思ったんですか？

私　はい、私はその写真、変だと思ったんです……、それで「ああ、私がブサイクだっていう意味なんだな」と思いました。

先生　そうやって、またブサイクという話になるのですね？

私　ブサイクという話になるんです。私は極端ですから。もう死んじゃいたい。

先生　いつも、そのあたりを見えないようにしているんですね。

私　見えないようにって？

先生　自分はこうだと知っているから、よけいに隠そうとするみたいな。

私　みんなは私のことを率直だと言うんですよ。それで、真剣に考えてみたんです。「私は本当に率直といえるのか？」って。誰にも言えずに隠しているのは、まさにこの部分なんです。だから、今日はこの話をしたかったんです。いつも見えないように隠して、そんなんじゃないふりをしています。

先生　それを認めるのは簡単なことではないでしょう。私が

隠しているみたいだと言ったのはね、カウンセリング
の初めの頃やった 500 問テストがあったでしょう？
あれは性格的な傾向を見るテストだったんです。そこ
では、こんな傾向は出なかったので、全く予想してい
ませんでした。

私　　何を予想してなかったんですか？

先生　容姿に対する強迫観念とか他人の評価への執着という
　　　傾向です。検査結果には表れませんでした。いつもの
　　　お話の中からも感じませんでしたし。

私　　じゃあ、完璧に隠し通せたということですね？

先生　はい（笑）。みんなに可愛くないと言われるかも、と
　　　心配になる時にですね。おっしゃったように表現する
　　　なら、「可愛くないということは、すなわち、ブサイ
　　　クである」になるわけでしょう。

私　　はい。私を好きではないということは、つまり私は魅
　　　力のない人だってことなんです。

先生　何か、ずっと聞いてきた話のような気がしません？
　　　ずっと感じてきたような気がしません？

私　　何をですか？

先生　終わりのない二分法的な思考。

私　　あ、極端な考え方。

先生　誰でも主役になりたいでしょう。脇役を望む人もいる
　　　とは思いますが。でも、その思考のかたちがまるで主
　　　役と端役しかいないかのように感じます。私がここか
　　　ら降ろされた瞬間に……。

私　　私はただの通行人１になってしまう？

先生　はい。忘れられてしまう。誰も私の存在に気づかない
　　　だろうと。

私　　ああ、とっても極端なんだ。どうして私はこんなふう
　　　になっちゃったんでしょう？　（いつもはてなマーク。
　　　何回質問しても、聞いてすぐ忘れてしまう）

先生　うーん。一言では言えないでしょうけど。自分を見る
　　　時の視野がとても狭くて、自虐的だから。幅広く、い
　　　ろんな見方ができなくて、２つのうち１つを選ぶ方が
　　　簡単なんでしょう。

私　　ちょっと、理解しにくいのですが、これからは率直に
　　　なれると思います。今日の通院記録にもそう書くつも
　　　りです。本当は、恋人の友人たちが私をあんまり可愛
　　　くないと言ったら、彼が私に抱いている幻想が崩れて
　　　しまうかもという怖さもあるんです。

先生　何か、彼に魔法でもかけたんですか？

私　　いいえ、そもそも恋愛の初期はアバタもエクボでしょ

　度が過ぎた容姿コンプレックスと演技性人格障害

うから。

先生　ご自分の方はどうなんです？

私　私もです。ああ、たしかに。その気持ちが他人のせい
　　で変わったりはしない。

先生　演技性人格障害というのは聞いたことがありますか？
　　（感情の表現が大げさで、一貫して周囲の注目を集め
　　ようとする性格が特徴の人格障害）

私　私はそれですか？

先生　いいえ、その傾向がありそうですが、ぴったり一致は
　　しません。ただ、あなたは舞台から降ろされるのを怖
　　がっているみたいです。降ろされるというのも一段ず
　　つではなく、まるで「おい、おまえ、降りろよ」と引
　　きずり降ろされるようなイメージで。実際よりかなり
　　大きな恐怖が不安を誘発しているようですね。一種の
　　強迫観念と言えるでしょう。

私　私は自分を客観視するのが上手なんですよね。私がブ
　　サイクじゃないのは、わかっています。でも、美人で
　　もないでしょう。平凡だってわかっているから、自分
　　がもっと嫌になるんです。

先生　芸能人もそんな言い方をよくしますよね。

私　誰がですか？

先生　チャン・ドンゴンのような人が「私の顔は平凡です」という妄言シリーズとか？

私　たしかに。どうかしてる。

先生　自分に対してそう思うこともできるわけです。さっきの言い方だって、ある意味そんな妄言と同じかもしれませんよ。あなたのことをすごく綺麗だと思っている人からすれば、さっきのあなたの発言は自慢のように聞こえるでしょう。

私　そこから抜け出したいのですが、どうすればいいのでしょう？

先生　無理してできるものでしょうかね？

私　外見で評価する視線から解放されたくて、かまわずにいたこともあります。メイクもせずに、だぶだぶの服を着て、その方が傷つくこともなく、心も安らかなので。

先生　そんな時に、評価されて認められたことはありませんか？

私　ないと思います。

先生　誰かに今日は綺麗だねと言われたとか。

私　あ、それは、ありました。

先生　だとしたら、どこまで自分を下げればいいんでしょう

ね？

私　　問題はそれですよね。以前、男性より女性のことが好
　　　きな時期がありました。その時はむしろ男性中心的な
　　　視線から抜け出していました。女の人が好きだから、
　　　男によく見られる必要はないし、男が私を好きじゃな
　　　くても関係ありませんでした。心は穏やかだったよう
　　　に思います。

先生　「ブサイクではないけど美人でもない」と考えるみた
　　　いに、「私はこっちにいるわけでも、あっちにいるわ
　　　けでもない。分布図を見ると真ん中よりちょっと上に
　　　いるかな？」ぐらいに考えればいいのでは。

私　　そうすればいいですか？

先生　その状態で「私はこのぐらいだと思うし、人の基準は
　　　みんなそれぞれだから、こういうふうにも、ああいう
　　　ふうにも見えるだろうな」と考えることだってできま
　　　すよね。

私　　先生、私はそういう練習をたくさんしています。とて
　　　もよくわかっていますから。でも、昨日みたいに、ふ
　　　いに彼氏の友だちに会ったりすると、頭が真っ白にな
　　　ってしまうんです。

先生　プレッシャーは当然でしょう。逆にあなたが恋人自慢

をしていたら、彼氏の方だってプレッシャーを感じる
でしょう。だけど、なんでそんなに期待にそぐわなく
ちゃと思うんでしょうね……。

私　（頭を掻きむしって）あー、本当になんの期待なんだ
　　か。誰が私に期待してるっていうの。本当に呆れます
　　よね。

先生　そこから抜け出すというより、楽しめばいいんじゃな
　　いですか。その日の気分によって、お洒落して出かけ
　　てもいいし、特にそうしたくない日には、「もう好き
　　に評価して」という気持ちでいれば。

私　注目を集めたり、関心を引こうとするのはなぜ？

先生　注目と関心に対して強い不安があるのでしょうね、実
　　際の性格の傾向はそうでもないですよ。もし傾向があ
　　るなら先ほどお話ししたように、何かしらの行動に表
　　れるはずなんです。過激な露出をするとか、派手なタ
　　トゥーを入れるとか。

私　私、そういうのはないんですよね。

先生　はい。単に排除されることへの怯えがあるんでしょう。
　　そしてね、あなたは「私のこんな姿を見せちゃダメだ、
　　秘密にしなきゃ」なんて思わなくていいのに、否定的
　　に考えすぎです。私たちは毎日着飾っているわけじゃ

ないんですよ。家の近所にボロボロの格好で出かける
こともあるんです。ある日はすごく綺麗に見えたり、
そうじゃなかったりもする。あなたはいくらでも変わ
れる状況にあるのに、「みんなが私をどう見るか、な
んで私はこう考えるのか？」なんて思わなくていいと
いうことです。時には相手に対してがっかりすること
もあるでしょう。「私に関心がないの？　この人は変
わってしまったの？」と考えることもできるでしょう。
でも、それは必ずしも「私のことが嫌いだ。私はブサ
イクだ」という意味にはならない。

私　　極端な考え方が長い間の習慣になっていて、つい忘れ
てしまいます。先生は方向転換して、中間の世界を作っ
てみろとおっしゃいましたよね。この場合もそうい
うふうに考えろということですか。

先生　方法はいろいろでしょう。人それぞれ視点も違うわけ
だし。

私　　私、私とは逆のタイプの顔が好きなんですよね。ただ
の好みなのか、男目線で見ているのかわからないんで
すが。

先生　自分にないものだからでしょう。

私　　私は自分の顔を好きになりたいんですが、他の人たち

の顔の方が好きで、自分が可愛く思えないんです。たまに「私って、可愛いじゃん？」という時もあるんですが、他人から褒められたりすると、たいていの場合「そんなことない」と思ってしまいます。

先生　おっしゃる通り、他の方たちは美人なんでしょうが、ご自分が好きではない顔の美人だっているでしょう。

私　これも極端ですね。

先生　自分の好みだと言えばいいんじゃないでしょうか。何はともあれ、こうして、あなたの方から話してくれましたよね。それだってとても勇気のいることなんだから、少し楽になると思いますよ。

私　今、とてもすっきりしています。

先生　実際、恐怖感というのは、「自分だけが知っている時」に、ぐんと大きくなるんです。一人で苦しむよりも、今のように吐き出してしまった方が、よっぽどいいんです。恋人や友だちも、会いたくない時は会わなくてもいいんですよ。

私　会った時に評価を聞くのが怖いんです。可愛くないと言われるのが、ものすごく嫌なんです。

先生　一度、がっかりすれば、次からは平気になるんじゃないですか？

私　　そうかもしれませんね。

先生　「わあ、可愛い！」と言われたら、ずっと可愛く見え
　　　なきゃいけないし。

私　　あ……、はい。こういう苦痛を味わった女性が、整形
　　　を何度もするのでしょうか？

先生　そうですね。演技性人格障害がある方の中で、身体変
　　　形障害という疾患を持っている方がいます。自分自身
　　　にこそ問題があると捉えるんです。例えば、鏡に映る
　　　自分が歪んで見えたり。

私　　私も少しそんな感じがします。

先生　ハハ、今その話を聞いたから、そう思うだけでしょう。
　　　気のせいですよ。

私　　ああ、そうなりたくはありません。

> 実際、恐怖感は、『自分だけが知っている時』
> にぐんと大きくなるんです。
> 一人で苦しむよりも、今のように
> 吐き出してしまったほうが、よっぽどいいんです

太っていようが、ブサイクだろうが、自分自身を認めて、愛してあげたい。でも社会は容姿やスタイルで優劣を決めるし、父や姉なども私が前より痩せると褒めてくれたりもする。それはあまり健康的に見えないし気分も良くないのだが、一方ですらりと細くなった自分が自信を持っているのも感じる。

痩せれば健康になるからいいのだろうか、と考えてみたけれど、どれだけ考えても自分が萎縮するようで嫌な気持ちになる。服だって自由に着られないし、見た目も醜くなると思うし。そのため、体型には非常に執着することになる。世間の目は厳しく、私はそこから抜け出せないくせに、抜け出したいと思う。だからといって、デブになるのは嫌だし。どうしてひどい扱いを受けながら、個人が社会の基準に合わせなければいけないのだろうか。馬鹿にする人たちの方が間違っているのに。でも大多数の人がそうだし、自分もそうだから矛盾していて腹立たしい。その枠から抜け出せない自分、自分より優れた人に会うと萎縮し、自分より劣った人に会うと堂々として、どこかホッとする自分がとても嫌だ。

どうして私が好きなの？
これでも？　これでも？

　ネットで出回っている自己肯定感テストをしてみたら、マイナス 22 点だった。自己肯定感が低いことはわかっていたし、わずか数年前にやった検査よりは高くなったようだったので、友だちや家族に冗談半分で自慢してみたものの、実はあまり良い気分ではなかった。問題になった多くの部分が、日頃から私が悩んでいることだったからだ。新しい状況、他人から見た自分の姿、他人に見せる敵対心などなど。ずいぶん長い間、私の中に根を下ろし、どうしても変えられないでいるような問題だった。だから冷静ではいられず悲しくなった。どうしたら見知らぬ他人から温かさや安らぎを感じられるのだろう、私には想像できない。失敗や弱点、短所について、自分を責めずにいられる術がわからない。

先生　調子はどうですか？　恋人やお友だちに会ったりしましたか？

私　いいえ、会いませんでした。醜形恐怖について私が書いたものを読んで、恋人が驚いていました。本当に知らなかったと。彼の友だちに会いたくないなら会わなくていいと言われました。話したことで、すっきりはしましたが、恥ずかしかったです。

先生　それはそうですよ。長い間ずっと隠してきた感情を表に出したんですから、当然恥ずかしいでしょう。過度期だと考えてください。

私　私は率直な方だと思っていたのですが、我慢していることが多かったんだということにも気づきました。例えば、彼が私の前で醜形恐怖についての文を声を出して読んだんです。それがものすごく恥ずかしくて嫌だったんですが、内心「でも、嫌がらずに受け入れなければ」と考えてしまって。ただ、反射的に思ったのは「ああ、声を出して読まれるのは嫌だな」ということ。だから、そのとおりに「声に出して読まないで」と言いました。最近は自分の言葉を検閲したり考え込んだりするのをやめて、すぐに伝えるようにしています。

先生　だとすると、衝動的になることもありますね。

私　　あ、それはありえますね。あとは、極端に考える癖には気を付けています。会社で仲のいい子がいて、お互いにつらい話や気持ちを共有しています。ある時、私がものすごく忙しくて心に余裕がない時に、その子がいきなり自分の話を始めたんです。それがちょっと無理というか、きついなと思った。以前の私なら、「あ、私って甘く見られてるんだな。こんなに自分の話だけを一方的にするなんて。私ってこの人の感情のゴミ箱なの？」と考えて、落ち込んだと思います。「いつも甘く見られてるし、もともとぼーっとした人間だから」とか。でも今回は「私が話しやすいから、ちゃんと聞いてあげるから、私に話すんだよね。甘く見ているわけじゃないんだよね」と思ったんです。

先生　もう少し変われるといいですね。

私　　もっとどんなふうに変わるんですか？

先生　自己肯定感を高める方向にです。同じ状況だったら、「やっぱり、私以外にこんな話を聞いてあげられる人はいないんだ」ぐらいのことは思ってもいいんですよ。自分自身に向かって言う言葉なんですから。

私　　そんな傲慢な考え方をしろっていうんですか？

先生　そういう自由さを少し楽しんだらいいんですよ。

私　　私自身の中でだけでってことですか？　そういえば自
　　　己肯定感の話が出たので思い出したのですが、私は
　　　「自己肯定感なんかクソ」と思うことが多いんですよ
　　　ね。「自己肯定感が高ければどうだとか、低ければこ
　　　うだとか、なんで騒ぐんだろう」って。だけど、本に
　　　は「自分を愛すればこそ、他人を愛し、自分も愛され
　　　る。自分自身を好きになれなければ、他人もあなたを
　　　好きになれない」なんてよく書いてありますよね。そ
　　　れって、全く違うと思うんです。私は長い間、自分を
　　　嫌ってきました。でも、私を愛してくれる人はいつも
　　　存在していたんですよね。それに自分を愛していなく
　　　ても、私は他人を愛しています。自己肯定感とは関係
　　　ないんじゃないですか？

先生　愛に対して少しひねくれた見方をしているということ
　　　です。

私　　自分を愛してないと？

先生　そうでしょう。まずは疑ってかかっていますよね。例
　　　えば、自分で自分の容姿が美しくないと思っているの
　　　に、他人が自分の容姿を褒めたら、「あの人、なんで
　　　私に？　下心があるのかな？」と考えるとか。でも、
　　　自分の容姿に満足していたら、素直に受け止められる

でしょう。自己肯定感とは関係なく、「誰かが私を愛している」という事実を、どう受け取るかが問題だと思うのです。

私 　あ……、受け取り方の問題ですね。自己肯定感が高ければ、よりポジティブに、健康的な方向に向かうということですね。

先生 　例えば、誰かがあなたを好きだとします。そこで、「私も私のこういう部分が好きだし、ちょっと前向きに考えてみようかな」という反応と、「あいつはどうして私のような人間が好きなんだろう？　変だな」と考えるのは違うということです。

私 　あ……たしかに。

先生 　自己肯定感のあり方によって、他人の真心の受け止め方は変わってきますから。実のところ、自己肯定感を高める特別な方法はないのです。先ほどおっしゃったように、以前はこの状況でこんな考え方をしていた自分が、今回は少し違う考え方をした。そのことを認めたことが、きっかけになるかもしれません。それを認めるのと認めないのとでは大違いですから。

私 　前は自分が極端だなんて知らなかったんです。他人に極端だと言われても、「あなたたちは何も知らないか

132

らそう言うんだ」と思っていました。

先生　そう考える人は、最終的に2種類に分けられます。
　　　極と極は通じるという言葉がありますよね。劣等感の
　　　強すぎる人といい気になりすぎる人。もしバランスの
　　　いいところに合わせようとするなら、自分への愛着が
　　　強すぎる人よりも劣等感が強い人の方がよくなる可能
　　　性は大きいと思いませんか？

私　　自分への愛着が強い人の方が大変なんですか？

先生　そもそもそういう方は治療の必要性を感じないでしょ
　　　う。本人の楽しみや自信をしぼませてしまうわけです
　　　から。他人の話を聞くことすら難しいのです。自分が
　　　大丈夫だと認めてもらいに来る場合はありますが。み
　　　んなが自分に嫉妬していると感じるみたいです。

私　　そういう人たちは、治療が難しそうですね。全てを嫉
　　　妬だと受け取ってしまうなんて。

先生　自己肯定感の低さを克服するために、無意識に新しい
　　　自分を作ったり、自分の嫌いな部分を隠して、正反対
　　　の姿を見せたりすることがあります。そういう人は自
　　　尊心が強いふりをするのですが、傷つきやすいですね。

私　　そうなんですね。

先生　誇大妄想まで進んでしまった時に、よく表れる症状が

躁症です。とてもひどい憂鬱状態に打ち勝とうとして発生します。昨日はなんともなかったのに、今日になって突然「この人はおかしくなってしまった」と感じたら、そのほとんどが躁症でしょう。統合失調症は少しずつ進行するのですが、躁症は突然発症します。さらにそれが極端になってくると、「私はイエスだ、ブッダだ」などと言いだすのです。誰かが自分に危害を加えようとしていると言って隠れることもありますし。

私　ああ、本当に現実が分からなくなってしまうんだ。（ところで、なんで突然躁症の話になってしまったのかがわからない）

先生　その代わり、その期間は長くはないんです。そこから正気に戻った時が、また苦しいんですよね。

私　現実が嫌で逃避してしまうんでしょうか？

先生　そうです。熱心に教会に通っていた人たちは、いつの間にか自身が神様になってしまったりします。他の人々を救済できると考えるんです。

私　あ、はあ……。あの、私、悩みができたのですが。（話題を変えようとしているところを見ると、あんまり興味がなかったのだろう）

先生　どんな悩みですか？

私　　お酒の量を減らしたいんです。私、アトピーがあって、
　　　飲みすぎると湿疹が出るんですよね。昨日も飲みすぎ
　　　て、朝から肌の調子はよくないし、自己嫌悪感でいっ
　　　ぱいな状態です。

先生　お酒を減らそうと思ったのはいつからですか？

私　　それはずっと思っています。でも夜家に帰ると、当た
　　　り前のルーティンのように飲んでしまいます。

先生　お酒というのはどのあたりが役に立つと思いますか？

私　　ほろ酔いの感じを楽しみます。

先生　そうすると、気持ちも少し落ち着きますか？

私　　はい、気持ちも落ち着くし、文章もどんどん書けます。

先生　文章を書くための道具でもあるんですね。

私　　それは、理由のほんの一部ですが。（実際、文章を書
　　　くためにお酒を飲むこともあるが、これは本当に限ら
　　　れた場合で、いつもはただ飲むだけ）

先生　文章を書くためなら、完全に酔ってしまってはダメで
　　　すよね？

私　　そうです。酔ってしまえば文章も何もないただの酔っ
　　　ぱらいです。もう制御できなくなって、もっと酔っぱ
　　　らうまで飲みます。

先生　一人で飲むことも？

私　　　そういうこともありますが、お酒好きな友だちと飲む
　　　　と、さらに制御不能になります。

先生　　その友だちに会わなければ大丈夫ですね。

私　　　そうなんです。ここには、お酒をやめたくて来る人も
　　　　いますか？

先生　　ええ。

私　　　どんな提案をしますか？

先生　　アルコール依存がひどくて一日と空けるのもつらいと
　　　　いう人には、入院を勧めます。それほどでもなければ、
　　　　お酒の衝動を抑える薬を使うこともあります。

私　　　私もその薬を飲みたいです。

先生　　お酒を飲む理由が精神安定のためだとすると、酔いが
　　　　醒（さ）めた時に反動がくるでしょう？　それが起きないよ
　　　　うに、酔った状態と同じような安定感を与える薬を使
　　　　うこともあります。

私　　　私は薬を飲むほどではないんでしょうか？　お酒が美
　　　　味しいんです。

先生　　そうですね。やめたいというわけでもないでしょう？

私　　　はい。お酒は大好きなので。

先生　　適度に飲みたいだけでしょう？

私　　　はい。太るし。平日は飲まずに週末だけにしたいんで

すが、本当は実行に移す気持ちにはなれないんです。

先生　本当に必要で飲むのと、惰性で飲むのとは違いますよ
　　　ね。酒を減らすためには意志が必要だと思います。う
　　　まくいかないようなら、薬の助けを借りるのもいいで
　　　しょう。飲み友だちと話して、会う回数や日にちを調
　　　整するのもいいかもしれません。

私　　はい……。

人生

愛に対して少しひねくれた見方をしているということです。
『誰かが私を愛している』という事実を、
どう受け取るかが問題だと思うのです

二分法的な私の世界観を正確に認識して、方向を変える試みをしている。私が恐れている恋人との関係については、いまだに極端な考え方ばかりしてしまうけれど、少しずつ良くなるだろうと信じている。

お酒は相変わらず飲んでいて、祖母の80歳のお祝いと従兄の結婚式のために、2週間カウンセリングに行けなかった。そのせいかはわからないが、頭痛がするようになり、特に理由もないのに涙が出たりして、かなり不安定でつらい状態だった。

イ・ヨンハク事件など様々な社会問題に久しぶりに接し、いろいろ読んで心身にダメージを受けたせいもある。また、過敏になってしまった。人通りが多い通りを歩きながら、平気でタバコを吸っている男に怒ってやりたくなった。30分間で7人の喫煙者を見たが、全て中年男性だった。嫌だ、嫌だ、嫌だ。

私は可愛く見えないのです

先生　調子はどうですか？

私　　はい、大丈夫なんですが、ちょっとしたことがありました。私が管理していた会社のインスタを他の部署で管理することになったんですが、アップされていた写真を見たら、突然憂鬱な気持ちになりました。新しい担当者は私よりも仕事ができそうで、私がいなくても会社はちゃんと回り、会社での私の居場所がなくなってしまうと思ったら、精神的に萎縮してしまって。私は競争に対する恐怖心が強いみたいです。

先生　それは競争ですか？

私　　競争じゃないんですか？

先生　会社のメンバーから脱落しそうな気がすると？

私　　はい。自分の居場所を失いそうで不安です。

先生　そう思い込んでいるだけですよ。隣の芝生が青く見えるだけ、自分がちゃんとできていることを、あまりに

も当然のこととして受け止めているんじゃないです
か？　自分を認めてあげていないんでしょう。

私　　はい。認めないで、毎日反省ばかりしています。本を
読んでいる時も、自分が足りないところや、無知だっ
た部分に気づいて、自分を責めて、落ち込んでいます。

先生　認められる部分はないんですか？

私　　（少し、長く考えた）

先生　じゃあ、自分を責めなくてもいいという部分は？

私　　お金で優劣を決めることはありません。それと、レズ
ビアンの娘がいる母親の目線で書かれた本を読んだの
ですが、母親は自分の娘が同性愛者であることを、ま
るでこの世の終わりぐらいの大事件だと、とても正常
じゃないと言うんです。そんな母親の気持ちに共感す
る人もいるなかで、私はその娘が正常じゃないなんて
思わなかったので、特にうしろめたさを感じずにすみ
ました。

先生　社会的弱者を温かい視線で見ているということですね。
自身を弱者だと思っているからではないですか？

私　　私は温かい視線というわけでなく……。

先生　自分の問題として見ているのでしょう。

私　　マイノリティとして見ているだけです。

先生　ええ。でも、自分自身がなんらかの枠から抜け出そうというのは、正常であることから外れるのと同じようなプレッシャーがあると思いますよ。

私　はい。それと副作用が続いているように思います。

先生　どんなふうにですか？

私　昨日の夜、薬を飲んで寝て、深夜に目が覚めたんですよね。すると心臓がドキドキして、そわそわし始めて（涙腺決壊）突然、こんなふうに涙が出るんです。私の検査結果、フェイキング・バッドだったじゃないですか。だから、「おまえは今大げさにふるまっているんだ。大したことないのに騒いでいるんだ」と、そうやって、自分を責めてしまうんです。それがとても悔しくて、私の状態が深刻だということを証明したくなったんです。その後で、常備薬と睡眠剤を飲んだら、すぐ寝てしまいました。

先生　フェイキング・バッドは今おっしゃったことと少し違います。比べて考えるに、実際には絶対に必要な人なのに、本人は「私のような人間はいなくてもいい」と考えてしまうパターンがフェイキング・バッドです。つらいという気持ちに囚われすぎて、精神も支配されてしまうんです。

私 　治るのにはどれだけ長くかかるんでしょう。本当に難しい。他の考え方をするのに成功した時は嬉しいのですが、自分を責めていた時期が長かったせいか、なかなかうまくいきません。

先生 　今までしたことのないことを、してみたらいいと思います。憂鬱感や虚無感から抜け出すためには、自分なりの方法というのはそれほど効果的には思えません、もう少し過激な方法を使うのがいいと思いますよ。

私 　切り替えということですよね？

先生 　ええ。そうした場合に覚悟すべき最悪の状況はなんですか？

私 　仕事を辞めることです。

先生 　なるほど。

私 　そうなんです。それは最終手段かなと。それはそうと、夏より５キロも太りました。

先生 　そうですか？　そうは見えないけど。何か理由があるんですか？

私 　ただ、美味しいものをたくさん食べて、お酒もたくさん飲んだだけです。

先生 　以前からお酒はたくさん飲んでいたじゃないですか。

私 　そうですね。みんな私を見たら、太ったと、デブだと

思うでしょう。

先生 自分で鏡を見てもそう思いますか？

私 はい。すごいデブ。デブでも幸せでいたいんですが、それはなかなか難しいですね。

先生 今の状態で太っていっても、幸せになれますか？

私 みんな私を嘲笑し、低い評価をすると思います。

先生 豚であれども幸福でいたいという言葉がありますが、必ずしも太っている人が低く評価されるわけじゃないでしょう。

私 いいえ、評価は低いです。

先生 自己管理できない人間だということで？

私 普通に、可愛くないからでしょう。だから太った男も嫌いです。

先生 薬の影響があるのかもしれませんね。太る薬ではないのですが、食べ物を美味しく感じさせます。

私 将来的には、薬をやめる方向にいくんですか？

先生 ケースバイケースですが、いちばん重要なのはご本人がどうしたいかですね。

私 薬を飲まないと、つらいんです。憂鬱にならないのはいいんですが。薬を飲む前の憂鬱さが、薬を飲んだ後の副作用にそのまま入れ替わるような感じです。

先生　副作用は調節すべき点です。

私　　だったら、なんとかしてくださいよ！

先生　調節しますよ。つらいのはいけませんから。ただ、今、
　　　生きるのがしんどいんですよね？　どん底に崩れ落ち
　　　るような、そういう感じですね。ひとまずここは「でも
　　　薬があるからなんとかなるでしょう」ぐらいの気持
　　　ちでいてくれるといいのですが。

私　　はい。頭痛がするんですがどうして急に始まったんで
　　　しょうか？

先生　薬のせいで頭が痛くなることもあります。

私　　それと私が『侮辱感』という本を読んで感じたことな
　　　んですが、私はよく侮辱感を感じるし、他人にもそれ
　　　を与えていると思うんです。以前、ゲストハウスに泊
　　　まったことがあります。初日は同室の人がとてもいい
　　　人だったんですが、2日目に一緒だった人は微妙に私
　　　を下に見ているような感じでした。傷つきました。そ
　　　の本を読んで感じたのは、私の自己肯定感が低いせい
　　　で相手の態度を否定的に捉えてしまうということです。
　　　その人は疲れていただけかもしれないのに、「私を馬
　　　鹿にしている」と判断してしまったのです。その事実
　　　を認知できたことには意味がありました。

先生 　全ての原因を自分の中に求めないでください。ただ、運が悪かったということでもいいじゃないですか。お姉さんとは最近どうですか？

私 　あ、姉が変わったように思います。以前の私が格下扱いだったとしたら、今は同等の人格として扱われている気がします。姉が私に可愛いワンピースがあったら買ってきてくれと言ったり、相談を持ちかけてきたりもします。

先生 　そんなお姉さんにどんな気持ちがしますか？

私 　姉のことは考えません。昔はほとんどの原因を姉のせいにして怒っていましたが、最近はそんなこともありません。

先生 　自分を下げつつ、相手を持ち上げてしまっているような気もします。会社の同僚と比較するのは、自分にないものだけを見ているからでしょう。彼らを称賛しながら、自らを責めてしまう。

私 　でも、私はダブルスタンダードなので、心の中では他人を無視して、排除してもいますよ。

先生 　はい、そうしてください。こんなふうに考えちゃダメだ、と思うのではなく。

自由の死

『おまえは今大げさにふるまっているんだ。
大したことないのに騒いでいるんだ』と、
そうやって、自分を責めてしまうのです。それがとても
悔しくて、私の状態が深刻だと証明したくなったんです

ホン・スンヒという作家の『自殺日記』の中で、自由死について書かれたものを読んだ。閉経ではなく完経と単語を言い換えるように、自殺を自由な死と言うような語り口が印象的だった。ネガティブな意味、語感、印象を持つ単語はたくさんある。堕胎、閉経、自殺、などなど。

自分の死を自分で選択することが、人生を放棄するのではなく、一つの選択肢になることもある。もちろん、残された者たちの悲しみは到底言葉にできるものではないが、生が死より苦痛であるなら、進んでその生を終える自由も尊重されるべきではないだろうか。私たちには哀悼の気持ちがとても不足している。死者に対して尊重する気持ちも不足している。自由な死を選んだ者たちを罪人に仕立て上げる人々、失敗したとか、世を捨てた落伍者と見なす人々。本当に最後まで生き抜くことが勝つことなのか？　そもそも、人生に勝ち負けなどあるのだろうか。

会社を辞めることにした。良くなって、悪くなって、また良くなるのが人生だから、そうして悪くなるのもまた人生だから、しっかり我慢もしなきゃ。

心の底で

　無気力指数が高い。仕事をするのが嫌だ。ランチの時、注目を集めようと頑張ったわけではなかったが、ノリが合わずに少し憂鬱だった。みんなが友だちのことをすごく可愛いと言うのにも嫉妬した。だから、無性に憎らしかった。私って本当に救いがない。

　私は温かい人なんだろうか？　私がいい人だとは思わない。ただ、私の感受性と振る舞いが他人から見て恥ずかしいものでなければいいとだけ思う。

先生　調子はどうですか？

私　　よくありませんでした。

先生　何かありましたか？

私　　また憂鬱で、無気力です。やる気が出なくて、仕事も
　　　ちゃんとできなかったし、先週、会社を辞めると言い

ました。主任が理由を聞くので、心と身体の問題だと答えました。通院していることも話したら、私の状態を理解してくれました。そんなふうに辞めてしまうと、さらに不安が増すかもしれないとも。とりあえず、来週は休暇をとって、11月はもう少し自由に仕事をしてみてはどうかと言われました。それでも状態が良くならなかったら、その時にまた話しましょうと。

先生　大丈夫でしたか？

私　とてもありがたくて、涙が出ました。私は会社に4年ほど休まずに通ったんです。会社がくれる安定感ってあるじゃないですか。（規則的な生活と業務、お金など）その安定感を失うのが怖かったのですが、退職が保留になったのでホッとしました。でも、これも一時的なものだと思っています。会社での状態は同じですから。会社にいる間じゅうとてもイライラして、一日一日をなんとかしのぐという具合です。どうしてこんなふうになったのかわかりません。こうなって2ヶ月以上です。あ、明日は、一人で慶州（キョンジュ）に旅行に行きます。

先生　退勤後はどうですか？

私　気力が出ません。家に歩いて帰る時間が唯一の楽しみ

です。家でもずっと無気力な状態です。「何かしよう
かな?」と思い立っても、すぐ「ああ、やりたくな
い」と思ってしまいます。

先生　結局、何をしますか?

私　やけ食いします。一人でお菓子とかチョコレートを思
いっきり食べて、お酒もたくさん飲んで、泣きます。
そのせいで太ってしまうのが嫌で、それがまたストレ
スになります。全てがめちゃくちゃなんです。

先生　恋人との関係はどうですか?

私　その関係だけは良いんです。唯一、安定している瞬間
です。たいていのことは受け入れてくれるし、そばに
いてくれようとするので、ものすごく依存しています。

先生　それに慣れてしまうと、またイライラしてしまうので
はないですか?

私　今は大丈夫ですが、この先どうなるかはわかりません。

先生　この間に何かあったのですか?

私　私は会社の SNS チャンネルの担当なんです。コンテ
ンツも私が全て企画していました。でも時間的に一人
では無理なので、企画チームとマーケティングチーム
で一緒に作ることになったんです。最初はよかったの
ですが、そのプロセスができていくうちに、私はただ

コンテンツをアップするだけの人になってしまったんです。私が主導権を握って作ればいいのですが、その意欲もなくて。居場所をだんだん失っていくような感じです。

先生　あなたが主導権を握ってやっていた時は、成果があったんですか？

私　はい。面白かったし、成果もありました。主任がそろそろ本の企画も出そうとか、面白いことをやってみようとおっしゃって、それはとてもありがたいのですが、なんとなく「私はここで何してるんだろうと」と思って、つらくなってきて。

先生　仕事を辞めたら何をするか、考えてみましたか？

私　本を書いているんです。それを完成させて、起業の準備もするつもりです。とりあえず退職金があるので、それで食いつないで、他のアルバイトでもして、起業が無理だったら、転職します。

先生　執筆には意欲があるのですか？

私　はい。かなり進んでいて、遅くても春には書き終わると思います。

先生　主任の言葉どおり、あなたは疲れたんじゃないかと思います。他のことに対しても無気力だというわけでも

ないようですし。旅行に出て少し充電するのもいいん

　　　じゃないですか？

私　　充電できるかはわかりません。秋夕（陰暦 8 月 15 日、

　　　中秋）連休の時も、しっかり休んだんです。そうした

　　　ら意欲がなくなって、おかしくなりそうで。最近は腹

　　　が立つことも多いし、精神的に疲れ切ってしまいまし

　　　た。

先生　季節には影響されないとおっしゃいましたが、今はち

　　　ょうど憂鬱感がひどくなる季節です。休み方も重要で

　　　すよ。旅行に行かれたら、太陽の光をいっぱい浴びて、

　　　たくさん歩かれるといいでしょう。

私　　はい、そうします。このイライラを吹き飛ばしたいで

　　　す。

先生　どうして、一人旅を選んだのですか？

私　　誰かと行くと、その人に合わせなくてはいけないでし

　　　ょう。でも一人で行けば全て自分で決められるじゃな

　　　いですか。そうしたいんです。

先生　いい選択ですね。今、いちばん必要なことです。ゆっ

　　　くり自分だけの時間を過ごすこと。どうして慶州を選

　　　んだのですか？

私　　どこに行っていいのかわからないし、やる気も起きな

かったんです。そんな時、友だちが慶州旅行の写真を送ってくれて、建物が低く、のんびりして見えて、気に入りました。そこを歩いてみたいと思ったんです。

先生　見知らぬ土地で、完璧な孤独を感じてみるのもいいことですよ。ひょっとしたら、あなたはまだ本当のどん底までは行っていないのかもしれません。例えば、私たちは海で溺れたとしても、足が底につけば安心するじゃないですか。跳ね上がることもできるから。でも、底がどこかわからないと、その恐怖感は大変なものでしょう？　いっそのこと、落ち切ってみるのもいいかもしれません。

私　落ち切るってなんですか？

先生　今よりももっと大きな挫折感、寂しさを感じることでしょうか。薬を少し変えてみましょう。抗鬱剤は落ちた気分を少し上げる程度にして、気分安定剤も使ってみます。集中力はどうですか？

私　集中してガガッとやったり、全くやらなかったりの繰り返しです。

先生　最近、よく泣きますか？

私　先週の月曜日、薬だけもらいに来た時もものすごく泣いたし、昨日も泣いたし、1週間に3回ぐらい泣きま

した。

先生　典型的な鬱とは症状が少し違うようです。成人に表れ
　　　る ADHD もあるんです。空虚感、倦厭感、集中力低
　　　下などの症状が表れます。そちらも念頭に置いて薬を
　　　使ってみます。

私　　（これは完全に私のことだと思った）は、はい。

先生　いずれにしろ、良いご旅行を。次回、いらっしゃる時
　　　は、前回、できなかったお姉さんとご両親についての
　　　話ができたらと思います。

私　　はい、行ってきます。

おわりに

—

大丈夫、影のない人は光を理解できない

　私は何かを手に入れてしまうと、それを過小評価する傾向
がある。難しいことをやり遂げた時も、素敵な服を着た時も、
自分がやった、自分が着た、その瞬間にパワーが失なわれた。
大切さも、愛しさもなかった。問題は他人に対してもそうだ
ったことだ。相手が私を愛すれば愛するほど、私は相手がつ
まらなく思えてくる。つまらないというより、それ以上の輝
きが見えなくなる。

　やはり、問題は自己肯定感だ。私は自己評価がとても低い
ために、他人に評価してもらって満足感を得るのだという。
でも、それは自分自身が感じている満足ではないから、限界
を感じるしかなくて、すぐにうんざりしてしまう。だからま
た他の人を探す。結局、誰かが私を好きだということだけで
は、私自身が満足できることはないんだという。私が好きな

人が私を好きじゃなくても絶望、誰かが私を深く愛してくれても絶望。あれもこれも、全て他人の目を通して自分を見ているからだ。結局、私が私自身の価値を下げているのだ。

　私が相手にきつく当たるのも、自己肯定感が低いからだという。私が私自身を愛していないから、それにもかかわらず私を愛してくれる人のことが理解できずに、強度の高い実験を繰り返すのだという。これでも私を愛してる？　これでも？　これでも？　相手が受け入れてくれても理解できず、相手が諦めて離れていったら、やはり私を愛してくれる人などいないと思って、苦しみながら自分を慰める。

　自己肯定感、自己肯定感、自己肯定感のバカヤロー。私はこれ以上歪んだ関係を築きたくないし、現在に満足できず過去に囚われるのも、この先の新しい関係に期待するのもうんざりだ。でもまた、その自己肯定感って奴のせいで、自分がどっちの方向に向かえばいいのかわからなくなる。もう自分が相手を愛しているのかいないのか、それすらもわからない状態だ。こんなふうに道が見えないまま、あてどなく彷徨い続けるわけにもいかないと、あまりにつらくて苦しいと、確信もなく、わかることもなく、全てにおいて曖昧な自分にも

ううんざりだ。

　先生はなんらかの方法や答えを提示できずに申し訳ないと言った。でも、例えば真っ暗な井戸の中に落ちた時、壁を触りながら一周回って初めてそれが井戸だとわかるように、失敗をすることで間違いなくその繰り返しを減らせると言われた。失敗の積み重ねがしっかりとした自分の芯を作ってくれるはずだと、私はよく頑張っていると。コインの裏側を見ることができる人なのに、今はそのコイン自体をあまりにも重く感じているだけだと言われた。

　私が望むこと？　私は愛し、愛されたい。疑うことなく、心安らかに。それだけだ。方法がわからないから、つらいだけだ。最後の診療記録を書き終えて、終わりの言葉が書けないまま、しばらく彷徨っていた。私はこんなに良くなったのだとお見せするとか、何かしら立派な締めくくりをしたかった。一冊の本とは必ずそうであるべきだと思っていた。

　ところが、物語を終えた今も、相変わらず憂鬱と幸福を繰り返す自分に嫌気がさし、意味を見つけるのが大変なままでいる。そんな状態で病院に通いながら、いつのまにか2018年になっていた。

細かく見れば、良くなったところも多い。憂鬱感もだいぶ良くなり、人に対する不安も軽減した。でも、そうやってできた隙間は次々に別の問題に埋められていき、些細な問題に執拗にこだわった結果の終着駅は自己肯定感だった。相変わらず、自分を愛せない人間だったからだ。

　そうしているうちに、光と影は一体だということを、再び思い出した。幸福と不幸の共存のように、人生の曲線は流動的なものだ。そして、私が諦めない限りそれは続き、泣いたり笑ったりすることもできる。

　結局、この本は質問でも答えでもない、願いで終わる。私は愛し愛されたい。自分を傷つけなくていい方法を探したい。"嫌だ"よりも、"いいね"という単語が多い人生でありたいと思う。失敗を積み重ねて、もっと良い方向に目を向けたい。感情の波動を人生のリズムだと思って楽しみたい。巨大な暗闇の中を歩いて、どんどん歩いて、偶然に発見した一条の陽の光に、ずっととどまっていられる人になりたいと思う。いつの日か。

不完全が不完全に

　著者が初めてレコーダーのスイッチを入れた時を思い出します。診療時間に交わした対話を家で復習したいがうまくいかないからと、録音することへの同意を求められました。深く考えずに承諾したのですが、治療者の言葉が録音されるという事実に、やはり私も一言一言注意深くなりました。そんな時に、治療の内容を本にするという計画とともに原稿を受け取りました。丸裸にされるような感覚がして、他人にどう見られるか心配になり、なかなか広げて見る気持ちにはなれませんでした。本が出版されてから読んでみて、思った以上の恥ずかしさと、カウンセリング過程での残念さ、あまり力になってあげられなかったことへの申し訳なさが入り混じった、自分への反省の念が押し寄せてきました。

　しかしながら、本の中で出会った著者の文章からは、カル

テに記録された乾燥した内容とはまた別の生命力が感じられました。現代社会において、ある程度の情報を手に入れるのは、それほど難しいことではないでしょう。この本の中に登場する薬物、憂鬱症、不安障害、気分変調症などの専門用語もそうです。でも、社会の様々な先入観にもかかわらず、患者の立場としてそれに打ち勝とうと病院を訪れ、そのつらい経験をリアルに共有するということは、検索だけで知るのが難しい部分ではないかと思います。

　人は誰でもみんな不完全な一人の人間であり、その人が同じく不完全な一人の人間である治療者と出会い、交わした対話の記録です。治療者として失敗や後悔は残りますが、人生はいつもそういうものだったのですから、著者と私、そして皆さんの人生だって、今よりもよくなる可能性があるのではないかと、自分を慰めています。どうか、多くの挫折で落胆され、不安の中で一日一日を乗り切っておられる、この本を読まれる読者の皆さん、昨日までは見過ごしていたけれど、自分が発しているかもしれない、もう一つの声に耳を傾けていただければと思います。死にたい時でも、トッポッキは食べたいというのが、私たちの気持ちなのですから。

付録散文集

—

憂鬱さの純粋な機能

頑張れという毒

　母は自分に自信がなく、自分を馬鹿だと思っていた。母の文章の中には必ず自分自身への非難がこめられていた。「私は道がよくわからない、私は馬鹿だ、私はみんなの言っていることがちゃんと理解できない、私は自信がない、私にはできない」

　そんな気質を私たちが受け継いでいないわけがない。私たち姉妹はどうしたって外向的というよりは内向的で、自己肯定感も低かった。子供の頃はさらにひどくて、ぐずぐずして、気が小さくて、臆病な子供だった。その上母は誰に会っても私たちの欠点から先に並べたのだ。「この子は自分に自信がないから、この子はアトピーだから」

　おのずと、自信感よりも恥ずかしさが先に育った。成長するにつれて、私は強くなりたいと、自信を持ちたいと思った。オドオドしたくなかった。母に聞いたことがある。「お母さ

163

ん、私はあまりにも自信がないの」。返ってきた答えはこう
だった。「どうして自信がないの？　どうしてなの！　自信
を持ちなさい！」

　苦笑するしかなかった。母は自分と同じ気質を私たちが持
っているのが嫌だったのだ。だからいつも、私たちの欠点に
腹を立てた。もっとハキハキすればいいのにハキハキしてい
ないと、もっと積極性があればいいのに積極性がないと、客
室乗務員やらジャズダンサーやら自分ができなかった夢を私
たちに希望事項として伝えた。本人がそれを押し付けてこな
かったのは、実に幸いだったけれど。

　いつからだろう、頑張れという言葉、自信を持てという言
葉、萎縮するなという言葉にげんなりする自分を発見した。
内気で物怖じする性格のせいで、学校生活にも社会生活にも
支障をきたした。グループ学習や研究発表、会議や合コンが
私をうんざりさせた。経験を積むしかないと思ったけれど、
いつだって新しい壁が立ちはだかった。新しい人、新しい仕
事、新しいテーマ、新しい場所、どれだけ打ち砕いても、積
み上がらず、終わりもしないゲームのように。

　面白いことに、いちばんの慰めとなったのはこんな言葉だ
った。「どうして震えずにいられるの？　どうして自信を持
とうとするの？　震えていいよ、頑張るな！」

自分ではない自分を偽ってもバレてしまうものだ。偽りのためのいいかげんなラッピングが、そうでないふりをする態度が本当に嫌だ。大したことない人間が偉そうなふりをすることほど（もちろん、偉くなろうと努力するのは別だが）危ういことはない。自信のない人間が自信満々にふるまい、萎縮している人間が萎縮していないふりをするなんて、それほど最低最悪の結末があるだろうか。頑張れない人間が無理矢理頑張るふりをすることほど、惨めで悲しい話がどこにあるだろうか。

　だから大学生の頃は発表する前にこの言葉から始めていた。「私はこの発表にあたって、めっちゃ震えるし顔も赤くなると思います。高校時代のあだ名は"レッド人間"でした。発表の途中で私の顔が真っ赤になっていも驚かずにそのまま聞いてください」。みんな笑った。驚いたことに、顔が赤くならずに発表を終えることができた。

　いちばんつらい時に、横から「頑張れ」と言われると、胸ぐらをつかみたくなることもある。ただそばにいて背中をさすってくれたり、何か解決方法を一緒に考えてくれたり、でなければ一緒に悲しんでくれるとか、経験者なら自分の経験を話しながら、「思っているより大したことないし、全て過ぎてしまうものだよ」と話してくれればいい。それが共感で

あり疎通であり人と人との関係をつなげるための慰めだ。

　今日は私が初めて企画した本の著者とミーティングをする日だ。初めての経験であり、私がどんな本を作りたいか、どう進めていくつもりかを、直接説明しなければいけない。人と人がつながる仕事だから、できるだけ自然に。私を見ていてくれる課長の横で。私はもともと萎縮しやすいし、自分に自信のない人間だ。そして、それを無理に隠すつもりもない。わざと萎縮したように、おどおどするつもりはないが、だからといって肩や胸をいからせながら、強い語調で話すようなわざとらしい演出をするつもりもない。ただ私は率直でありたいと思うだけだ。初めての経験なのだから、洗練さや、完璧さは、望むべくもない。そんな必要もない。結局は自分で自分を慰めたり、気を引き締めるしかない。完璧ではない自分を抱きかかえ、それでも大丈夫だと声をかけてあげ、無理に頑張るなと、自分の中で囁きながら。

　頑張れという言葉、萎縮せずに自信を持てという言葉は、時には毒だ。それができない人の、心の内側を深く傷つける。10年間、全ての自己啓発書とエッセイが私をムチで打つのではなく「慰め」てくれたように、足りなくて大丈夫だし、未熟でも大丈夫。頑張らなくても、大丈夫だ。私は今日、うまくやれないかもしれない。それも経験だ。大丈夫。

視点を変えなければ

　過剰な自意識に押しつぶされそうになるたびに、不満と悲しみ、いらだち、恐れが自分の行動を押さえつけるたびに思う。視点を変えなければ。

　自分にだけ向けた慰めと、自分にだけ向けた戦いは、結局のところ私を安らかにしてはくれないということに、うっすらと気づいたようだ。世の中の動機や試みの全てを自分自身に集中させることが、どれほど煩多な疲労をもたらすか。

　視点を変えよう。自分から他人に。絶望から希望に。不穏から平穏に。多数から少数に。便利でも私を錆びつかせてしまうものから、たとえ無用であっても私を美しくしてくれるものへ。

　視点を変えれば人生の隅々にまで視線を送れる。視線は行動を牽引する。行動は人生に変化をもたらす。ただ自分のためというだけで私は変われない。私を変えることができるのは私の視線の先にある無数のものであることに気づいた。人生の空洞は無数の気づきによって埋められることを学んだ。

人生の課題

　記憶にとどめたい良い文章は世に溢れているが、良い人を探すのは難しい。良い人（私がこうなりたいと思う理想的な人）に変わる過程が難しいからだ。天性の気質は仕方がないとして、思考や振る舞いも自分自身から派生して蓄積されるものだから、天性のものと同じぐらい変えるのが難しい。だから良い言葉や文章だとわかってはいても、いざ行動に移すとなると三日坊主になってしまうのだ。文章と行動ではそもそも性質が違うので、文章ではごまかせても、無意識の延長にある行動はごまかせない。

　大部分の人は言葉と行動を一致させて生きることができない。どれだけ知識を溜め込んで、咀嚼を繰り返しても、修行するように自分を厳しく律するわけではないので、すぐに元に戻ってしまう。だから生きる姿勢の間違いに気づき、ひとえに行動をもって自分が変わったことを証明する人たちを尊敬する。

　正しい教えを説く人々の文章を読み、どこか居心地の悪さ

を感じるのは、こんな不調和のせいではないだろうか。言葉
や文章にふさわしい行動をする人を見たことがないから。馬
鹿みたいだなと思うのは、文章と行動が一致した人たちに会
っても、こんどは逆に居心地が悪いということだ。自分の存
在が小さくなる気分、その人たちに自分のつまらなさがバレ
て、見下されそうな気がする。だから純粋で素朴な人たちに、
より惹かれるのだと思う。

　私は今、中途半端でよくない状態だ。私の元の性格はどち
らかといえば陰気でつまらない。考えが深かったり、洞察力
があったりするわけでもない。反省と自虐は得意だけれども、
それも一瞬のことであって、変化につながることはない。た
しかに頭ではわかっている。でも、簡単に得た知識が簡単に
体中に広がって、私の血肉になるはずがない。フェミニズム
を応援して、人種差別反対を叫びながらも、中国人を見れば
身をすくめたり、美しくないレズビアンを見れば不快だとい
う「体の反応」を起こしてしまう私。なんてつまらない、矛
盾した存在。

　でも、こんな自分を自虐したり嫌悪したところで何も変わ
らないのはわかっている。自分が未熟な人間であることを認
めて、瞬間ごとにやってくる反省と考察の機会、知らなかっ
たことを知った時の恥ずかしさと喜びとを感じながら、１ミ

リの変化を期待するしか。

　結局、自分が羨ましいと思う人々に一足飛びに近づくこと
はできない。そうなれはしない。自分が洗練されていく道は
ただ一つ、今の自分自身から、少しずつ、のろのろと、進ん
でいくだけだ。判断を急がず、感じるままに無理強いはせず、
自らが下した判断と感情を受け入れること。自分を責めたと
ころで、たちまち賢くなれるわけでもないのだから。

　おそらく人生は、受け入れることを学ぶ過程なんだと思う。
受け入れたり、放棄したりするということは、人生の特定の
時期にだけ必要なことではなく、生きている限りずっと取り
組むべき課題ではないかと思う。ありのままの、つまらない
自分を受け入れることで、ありのままの、それでも努力しよ
うとする、つまらない相手をも受け入れることができる。私
が自分自身に課す厳しい自己検閲は、相手にも同じく課せら
れ、絶えず相手を評価し、自分の基準に合わせて縛りつけよ
うとする。

　どうしようもない人間はさておき、誰でも食い違う部分が
あることを認めて、まずは自分自身から受け入れなければな
らない。取るに足りない自分なんかに、これ以上期待しても
しょうがない。ただ、一日に一つずつ何かを知ること、悟り
えることを願うだけ。

愛の
問題

　考えてみると、多くの問題を愛によって決めてきた。理性的に損得を顧みることなく、その時の自分の心の向くままに選んだ。理性が働いたのは学校と会社の件だけだった。そこでも、1番目の理由だった自尊心とお金の次には、夢と文章があった。人生で2番目に重要なことを選択するのが簡単ではない世の中だ。

　私が愛した人々も同じだった。彼らの眼差し、情熱、愛情に向かって飛び込む勇気を、私は全力で愛した。ただの一度たりとも、まあこのぐらいでという半端な気持ちで恋愛をしたことはない。受動的だったとしても、全力を尽くして分かち合った。こんな性格だから、私にはきちんと計画され、整理された未来図が描けないのかもしれない。

　心が動かされる人に出会い、心が動かされた時に文章を書

き、音楽を聞いたり映画を見たり、いつも愛の力で動いていたと思う。人生の無数の余白を理性の力で無理に埋めてしまったら、私自身が輝く力や余裕までも失ってしまうような気がする。だから理性は乏しくとも、感性で光るような人でありたい。そんな私とよく似た人々と、共に手を取り合って進んでいきたい。理性的なことと感性的なことに優劣はつけられないけれど、明らかに質感は違う。私は愛と感性が織りなす質感を、繊細に感じとって楽しむのだ。

孤独は
とても特別な
場所

　壁に目がある。知らない人の携帯電話の中に、オフィスの
パーティションに、街を流れる空気の中に。孤独が目を覚ま
すと、恐怖も一緒に顔を出し、多くの目は再びまばたきをし
ながら、私の文章と表情を覗き見る。

　私にとって孤独の空間は10坪の部屋の中、私の背丈ほど
の布団の中、歩きながらぼんやり見ている空の下、人々の間
でふわっと浮いているように感じる異質な感覚の境界。卑下
して、自分を責めて、ポケットの中に入れた手をモゾモゾさ
せながら取り出せない瞬間、録音した自分の声を一人ぼっち
の部屋で聞く時、カフェで焦点の合わない表情の人々と目が
合った時、視線に怯えながらも、そこにどんな視線もないこ
とを知った時。この全ての場所ですくい上げた孤独は果たし
て特別なのだろうか。芸術家たちだけの特権ではないだろう
か。

苦しみと
慰め

　自分のいたらなさを実感する瞬間がある。それは人に対しても仕事においてもで、全て終わったあとになって、「ああ、あれは私がいたらなかったから、あれは私が誤解していたから」と、こんな感情が苦しみと同時に慰めももたらす。取り返しがつかないという苦しみと、これでもう二度と同じ過ちを繰り返さないという慰め。それが仕事のことなら慰めが大きいが、愛の場合はそうはいかない。二度と繰り返さないと誓った瞬間、その相手はもう自分のそばにいないのだ。

　取り戻すことのできない愛の虚像をじっと胸に抱き、私たちにできることなど何もない。黙々と日常を続けるか、帰らない感情のためにあがいて自分自身を消耗させるか。

　そんな時は本を読む。行き場のない感情を他人に訴え続けるほどの拷問はない。自分にも相手にも意味のない、感情の

174

消耗を繰り返すことにすぎないのだから。でも、本は違う。私の気持ちや状況とよく似た本を、まるで薬でも探すように探し回り、紙が擦り切れるほど読んではまた読み、線を引いてはまた引いて、それでも本は私から顔をそむけたりはしない。イライラしたりもしない。ゆっくり時間をかけて解決策を見つけ、傷が癒えるその時まで、静かにじっと待ってくれる。本のいちばん大きな魅力の一つだ。

修飾語が
ない人生

　好きだった作家の新しい本がもうすぐ自分の会社から出る。
2月の初めに作家と一緒にブレインストーミングを兼ねて会
議をするから時間があれば出席してほしいと、主任に言われ
た。なんといってもその作家のファンなんだし、20代だか
ら若いアイディアをなんとか頼むよと言われた。

　会議は面白そうだし嬉しいのだが、「若い」アイディアと
いう言葉が引っかかった。プレッシャーを感じた。良いアイ
ディア、他の人たちが思いつかない斬新な意見を出せという
重圧。私が常にストレスを感じる単語の一つだ。

　友だちにこの話をしたら、どうしてこう時っていつも「若
い」がつきものなんだろうと言った。年の功から出てくるア
イディアはないのかと。若者だろうが、専門家だろうが、そ
ういう修飾語を取っ払って、いろんな人が集まったところに

ボールを投げれば、もっといいアイディアが出るのではない
かと。そのとおりだと思う。私たちにはいつも修飾語がくっ
ついている。私も例外ではない。若いということは変えよう
がない今だけの修飾語だが、私が言いたいのはその修飾語に
こめられた意味や期待だ。学歴や専攻を例にあげてもいい。
文芸創作科の卒業生はみんな水準以上の文章を書き、英文科
はネイティブのような会話をするのだろうという単純な考え
は、むしろ当事者が実力を発揮する妨げになる。プレッシャ
ーになるからだ。

　私が文芸創作科のことを言いたくない理由もそれだ。姉も
そんなことを言っていた。ソウル芸大の声楽専攻の学生たち
は歌が上手なのが当然と思われるし、そうじゃないと馬鹿に
される。いつも評価に耐えなければいけないと。多くの人々
がそうだと思う。だから好きで選んだ専攻を楽しむこともで
きず、自分の実力に自信がない者たちは、いつもネズミの穴
に隠れて出てこない。

　今日、フェイスブックから学歴と勤務先を削除した。私に
つけられた修飾語を消したいからだ。よい学歴と勤務先を表
示することで、私は一時的な優越感に浸ったけれど、やはり
劣等感にも苛まれた。専攻が文芸創作なのに文章を書けない
自分自身への叱責、職場が出版社なのに本のことをよく知ら

ない自分への嫌悪。こんな修飾語が及ぼす影響などほんのわずかで、一個人の全てを説明するものでないことはわかっている。会社で出会った人の中で私がもっとも嫉妬した（絵も文章も上手で感性も豊かで美しく愛らしい）女子社員は地方大学の出身だった。そして恥ずかしいことに、私は自分の劣等感を学歴一つで挽回しようとした。学歴は思ったほどじゃないのね、と馬鹿なことを考えながら、なんとかして優越感に浸ろうとした。

　こういうことを頭ではちゃんと理解しているが、今も修飾語だけで私を評価する多くの視線を感じる。そして私自身もやはりその視線から解放されずにいる。嫉妬した相手の学歴が自分より低いと知った時の安堵感、無関心だった相手なのに、すごい学歴を聞いた瞬間に人が違って見えたこと。そして、その乖離する感情の中で自分を責めた日々。心から変わりたいと思う。いや、変われると信じている。私は今会社で仲のいい人たちの学歴を知らない。自分でも特に知りたいと思わない。全てではないが、少しずつ変わっている。変わらない部分だけを見てつらい思いをするより、変化する部分に目を向けて希望を持つべきだ。多くの人々が修飾語などなくても、カッコよく、自信を持てる日が来たら、という希望を。

夢

　過去に長い間とどまる夢を見た。母と姉と私が出てきた。もっとたくさんの人が出てきたが、思い出せない。母の若い姿を記録したくてカメラを出したが、レンズの中におさめることはしなかった。過去はすでに過ぎ去り、私たちは実在しない空間にしばしとどまるだけ、すぐに消えてしまうのだから、カメラにおさめることなどできないと感じた。

　でも、私たちは楽しかった。記録することも記憶することもできないが、過去のある時点に一緒に集まっていたことが嬉しかったのだろうか。不思議な風景でもあった。幼い私と姉、皺一つない母。これを書いた時点でさえ夢は記憶から順番に消えていったのだから、これ以上思い出せることはない。母の若く白い顔をもう一度見たい。悲しくて美しい夢だった。

おばあちゃん

　祖母はいつも無口だ。他人の悪口も言わない。私が父は娘婿として何点かと聞くと、「おまえはどう思うのか」と聞くので、自信を持って「零点」と答えた。祖母は笑いながら悪口を避けるので、「私がお父さんみたいな男を連れてきて結婚すると言ったら？」と言ったら、「……ダメだ」と言った。面白すぎ、おばあちゃん。

　昼間は順天に行くので一緒に家を出た。静かな道を歩きながら祖母が突然「ここにいると退屈だから行くんだろ？」と言った。私は絶対に違うと、一人で旅する機会がもうないだろうからだと言った。そして、気がとがめたのか「本当に退屈で行くのではない」と3回も念を押した。実は半分は当たりで、半分は違っていた。祖母と話しているとすぐに沈

黙が訪れるし、ここは本当にすることがない。久しぶりに一緒にいるのにスマホや本だけ見ているのも嫌だし。祖母とたくさん話をしたかったのに、以前は祖母が面白い話をたくさんしてくれたのに、今は考えのポケットが小さくなったのか、言葉がとても少なくなった。でも一人旅の機会がなくなるだろうというのも、そのとおりだった。

　ともかく、私たちは一緒に歩いて、イベントが開かれている会館の前に到着した、おじいちゃん、おばあちゃんたちが本当にたくさんいた。そこで「おばあちゃん、元気でね」とハグして別れたあと、駅に向かって歩いた。後ろを振り返るたびに、祖母が早く行けと手で合図した。私は祖母が小さくなるまで、何度も後ろを振り返った。

　昨日の会話を思い出した。「おばあちゃん、最近でいちばん幸せな瞬間はいつだった？」と聞くと、祖母は毎日一人でいるのに幸せなんてどこにもないだろうと言った。たしかにそうだ。ひやりとして「私が来て幸せ？」と聞くと「うん、嬉しいよ」と言った。「幸せというほどではないわけ？」と聞くと、「嬉しいということが幸せなこと」と言った。祖母のことを考えるたびに胸が痛むのは憐れんでいるみたいで嫌だが、これが愛だと考えれば少し救われる。愛から生まれる憐れみは仕方がないことだ。

陳腐でつまらない嘘

　仕事初めの式が終わって社長と目が合った。私は社長が怖い。もともと大人が怖かったし（でも、私も大人になってしまった）、強そうな大人はさらに怖い。そして、うちの社長はものすごく強くて、怖い。それはともかく、今年の夢は何かと聞かれて固まっていたら、夢があまりにも大きいのか？　と言いながら、目標は何かと聞いた。そこで、ささやかな目標は心身ともに健康であることだと答え、何かもう少し言わなければいけない雰囲気だったので、ベストセラーを出したいと言った。それにしても、この言葉ってどうしてこんなにも恥ずかしいのだろう？　あまりに陳腐でありきたり。本当はベストセラーなどに大した関心もないのに。普通に良い本を作りたいとだけ言ったら、根掘り葉掘り聞かれそうな気がして、わかりやすい答えをしただけなのだが、なんだか恥ずかしいしバツが悪かった。ああ、率直になりたい。どんな質問をされても、気負いなく率直に語れる人が羨ましい。

私の叔母

　昨日は母親の健康診断の日だった。祖母が上京してくる日でもあった。慣れないことはなんでも怖がる母が気になり、それでなくても母と祖母が2人で大きな病院の中をウロウロするのを考えたら居ても立ってもいられず、半日有休をとって一緒についていくことにした。

　祖母は3ヶ月に1度上京して診察を受け、薬をもらう。祖母のいる地域には大きな病院がないからだ。祖母は安山（アンサン）から永登浦（ヨンドンポ）に、そして今は一山（イルサン）にと3度病院を変えた。3ヶ月に1度祖母を病院に連れていくのは、母の一番下の妹の担当だったが、次に上の伯母の担当になり、私の母に引き継がれた。

　近くに住んでいるコ・アラ叔母ちゃんからはなんの連絡もなかった。私が理由を聞くと、母はわからないと言い、祖母は自分のことが面倒くさいんだろうと寂しそうに言った。母は複雑な表情をしていた。その瞬間私の頭の中には「1週間に1回ってわけじゃなく、3ヶ月に1回のことなのに、どう

して連絡ぐらいよこせないの？　ひどいよね」という不満が
湧いてきた。

　そうしてその日の夜、私の記憶の中のコ・アラ叔母ちゃん
を思い出した。本をたくさん読んでいた叔母ちゃん、いつも
甲斐甲斐しく祖母や甥姪の世話をしていた、すでに過去の物
語になってしまった叔母ちゃんのことを。

　叔母ちゃんは私たち姉妹にとって特別な人だった。車もな
く運転するつもりもない父の代わりに、いろんな所に連れて
いってくれたし、幼い私たちでもわかりやすい話をいっぱい
してくれた。父が母を殴るたびに、私たちは同じ町内にいた
伯母さんに電話しないで、コ・アラ叔母ちゃんには電話して
エンエン泣いたりもした。今から考えると、幼い頃の私にと
ってコ・アラ叔母ちゃんは憩いの場のようだった。母よりも
話が通じるし聡明な、第二の母だった。

　そんな思い出を振り返りながら、ふと「あの人は変わって
しまった」というのはいらない言葉なのかもしれないと思っ
た。一貫した人であるとか、あるいはそうあってほしいと願
うことは、人によっては残酷なことなのかもしれない。

　生きることがただ生存することになってしまった時、生存
ということの比重が増してしまい、その他のことには一切の
声をあげられなくなってしまった時、その状態のまま恐ろし

い勢いで時間が過ぎ、多くのことが干からび、腐っていってしまうような時、そんな状況のなかにあっても変わらずにいてくれと望むのは、自分勝手な願いであり矛盾ではないだろうか。

　叔母の人生は、そんな気遣いをしながら思い起こさないとわかりえないほどに、じわじわと彼女にのしかかっているのかもしれない。いや、絶対にそうに決まっていると、私は想像してみる。自分自身に対する希望が失われれば、周囲の多くのことへの意志も消え去る。何もしたくないし、関わりたくないし、極めつけは人と一緒にいるのが嫌になる。関係に対する欲求を喪失し、完全に一人になってしまうのだ。

　こうも簡単に気づくこともできるのに、おまけに赤の他人に比べたら彼女の人生をよっぽどよく知っているのに、「いったい、どうしたらそんなことができるの」と考えていた自分の怠惰な思考にがっかりした。平気なふりをしても、心にポトンと落ちた本心はすぐに身体中に広がって、朝起きると罰を受けたように吐いてしまった。

　レベッカ・ソルニットの『遠くて近い』(The Faraway Nearby) に「ある感情移入は学ばなければならず、その次に想像しなければならない」という一節がある。私の中に種がないものは、絶対に育つことはない。だから、私たちは生

涯にわたって他人とは平行線をたどるしかない。しかし、私の中にないものを作り出すための方法が想像と学習だ。感情移入というのもやはり学習であり、想像しなければいけない時がある。

　感情移入は自然にできるものだと考え、自分を動かさない多くのものに対しては、心を閉ざして生きてきた。しかし、私の中になかったものを作り出して連帯する瞬間こそが、大人になる一つの道であるはずだ。私たちは多くの人たちと遠くて近い。そしてそれが家族であるほど近くて遥かに遠く、遠くの彼方にいても瞬時に横に座らせることができるほど近い。

　理解できず、だから移入もできない感情を、学んで想像すること。それは他人に対しての愛情であり、私の中の種と相手の中の種が干からびてしまわないための唯一の脱出口である。完璧に理解はできなくても、それでも握ったロープを離すまいとする心。

　このことを知るのと知らずにいるのとでは、天地ほど差があると思っている。だからまずは感情移入できそうな人々から始めようと心に決めた。私が愛情を持っていたのに、いつからか背を向けて離れてしまった人々から。

私の犬
私の全て

　ブギは3歳、スージーは9歳、ジュディングは15歳、幼い頃ジュディングのことをロケットジュディングと呼んでいた。エレベーターの扉が開くと同時に、バネのように走っていく様子はロケットみたいだった。それぐらいすばしっこく、元気いっぱいだった。

　玄関の番号キーを押してドアを開けると、決まって靴の間に座って私たちを出迎えてくれた。抱いてやるまで立ったまま膝のあたりをトントンしていた。何かを食べていると鬼のように察知し、さつまいもを出したり、静かに菓子袋を開けても、すぐに走ってきた。フライドチキンを食べる時も、肉を食べる時も。

　心臓の音は規則的で瞳も輝いていた。鼻は濡れていて足の裏とお腹はピンク色が消えずに、赤ちゃんのニオイがした。

誰も教えていないのに、必ずトイレかベランダで用を足した。おしっこをしたい時はベランダの前に立って開けてくれと扉を引っ掻いた。時には吠えることもあった。やきもちもすごかった。

そんな姿は何年も続き私たちには当たり前の風景だったのだけれど、少しずつ減ったと思っていたら、今はすっかり見なくなってしまった。リードをつけなくても、私より歩くのが遅くなったジュディング。耳が遠くなり、玄関を開けても駆けてこなくなったジュディング。部屋で寝ているところに私が行って、「私だよ〜」と言えば、やっとのことで驚いたように立ち上がるジュディング。牛乳も飲まないし、お肉をいらないと言うこともあるジュディング。何を食べていても反応しないジュディング。じっとしていてもドキドキしている心臓の音と不規則な拍動。青い目と乾いた鼻。黒い足の裏と、シミで黒ずんでしまったお腹。今はおしっこがしたいとベランダを引っ掻くこともない。吠えるのを見たのはもういつのことか。ただ、よく眠るだけだ。ずっと寝ている。あまりにも寝てばかりで怖いぐらいに……。白くなったひげを見るたびに、急に怖くなる。老犬であることは一目瞭然なのに、それを認めたくないからだろう。

元気いっぱいのスージーとブギを見ると、以前のジュディ

ングが思い出されて胸が痛む。ジュディングの時間が私と違ってあまりに早いことを実感する。私が何かを食べていると、素早く私の足元に来ている子たちを見ながら。小さく囁いただけで耳をピンとするスージーと速く走るブギから。

　1つの命の一生を完全に受け入れるには、私はまだあまりに子供だ。始まりと過程と終わりはとても難しく、あまりにも重い。瞬間的な幸せを楽しむには私の器は小さいし、否定的だ。今は3匹の犬と寝転んでいるこの時間がとても大切で幸福だけれど、その分怖いし、漠然とした不安がある。

　弱いという単語を繰り返してみる。弱きものたちを恐れ、嫌がり、怯える自分のことを考える。それでも責任を持ちたいという気持ちに変わりはない。この子たち全てと永遠に一緒にいたい。

一緒にやる

　静かでいたい日々があった。切実に。シンプルに、軽く、冷たく、無感覚になりたかった。感情移入は私にとって大事な問題であり、日常に大きな影を落とすものだった。ドラマや映画を見る時、音楽を聞いたり写真を見る時、誰かの話を聞いたり自分自身の話に耳を傾ける時、簡単に心が傾いた。プンクトゥム（Punctum　極めて個人的な経験に照らして受け入れるという意味）のように脈絡もなく突き刺さってくる、うんざりするほど馴染みのある感覚だった。

　だから包みこんでくれる垣根を巡らして安全に過ごした。その時は自分からそこに入ったと思っていたが、結果的には閉じ込められたのだった（閉じ込められたという表現は嫌だが）。幸せになれると思っていたが、そうではなかった。毎回、自分が間違っていないか確認したかったし、限られた愛情を渇望した。私はなぜこうなのかという自問の日々、世の

中と人間に対する冷笑を深めた。冷たくなりたかったのに、本当に冷えきってしまうと、世の中までもが凍りついた。手足をどこに置いても冷え冷えとして痛かった。腹立たしく、悔しかった。

　今、考えてみると当然のことだった。自分だけの囲いを作り、誰にも会わずに、分かち合おうともしないこと、それは凍りついた城を作るのと何が違ったのだろう。人々の冷たい面にだけ過剰に執着し、人生のどんな暖かさも感じられないまま冷気だけが残った。

　手に負えない幾種もの感情が、その時々に現れるたびに息切れがした。解決の方法が必要だった。そうなって、初めて病院に行った。以前は普通にできていた相談すら、難しくなっているのがわかった。ところが、いざ話を始めると、堰を切ったように言葉が溢れ出てきた。一人とだけ分かち合えば大丈夫だと思っていたのに、間違いだった。

　その時から家族や友だちや同僚やよく知らない人にも、自分をさらけ出すことで息を吐き、みんなの話を聞くことで新しく息を吸った。そんなふりをしたのでもなく、誰かの真似をしたのでもなく、自分の本当の気持ちからだった。自意識と憐れみでいっぱいになった感情の波が、少しずつバランスを取り戻すような気分だった。

結局、ちゃんと生きるということは誰かと共に生きることなんだと、久しぶりに家族と旅行に来た今、さらに強く感じている。共にということは利他心と同じであり、結局、利他心は利己心を救済する。"私"から始めて、"私たち"で終えるのだから。私と共に生きようとするあなたに感動し、私をわかってくれるあなたがいなくてはダメで、共に生きることを選ぶのだから。共に誤解して、分かち合い、共感し、離れていても今を生きていけるようにしてくれる。それは暗いため息でいっぱいの世界で、安堵の一息をつくための方法ではないかと思う。

とても
暗い時期

　いつも戦争をしている。戦力は一対数十、あるいは数百。たった一人で数えきれない多くの敵と戦うことなど、そもそも不可能なのだ。相手が多いほど戦闘力は落ち、戦意も失われる。いや違う。そもそも戦闘力などは存在しないのだ。勝てない、勝つ自信もない。勝とうする意思すらないのだ。人生はその持ち主の薄汚れたカバンのように、整理されていない物でいっぱいだ。いつ古びたゴミが出てくるかもしれず、誰かにカバンの中をさぐられないかと怖くなる。それは使い古したカバンのようでもある。滑らかだった底は、ぽんぽん投げられ、投げられた分だけすり減り、傷つき、ボロボロになっても、誰にも知られることはない。投げられる角度によって、誰かが傷を発見するけれど、それだけだ。カバンを変えられるような環境が整わない限りは、底が見えないように

注意して、窮屈に身体を動かす。この文章を書きながら、いいたとえだとクスクス笑っていたら、いやカバンというたとえも間違っているなと、そう気づいた。

　バスに乗っている時に誰かが前に立つと文章を書く手を止める。前に立つ人の視線が私の携帯電話で止まる。書いている文章が見られるのではと怖くなる。秘密がぎっしり詰まった日記帳のように、闇を抱えた文章を彼が見るのではないかと怖くなる。精神は一枚の薄い皮膜に覆われていて、光を遮る膜の中は誰も覗き見ることができない。膜を通して濾過される思考は本心とは異なり、本心の残りかすはそのまま精神に積もり、淀み、腐敗する。だから思考は常にすっきりと洗浄されることがないし、残りかすにまみれた本心の中から、よい考えなど出てくるはずもない。泥水を濾しても水は黄色いように、私から濾過されて出てくる思考も、濃く、暗く、不透明な闇だ。だから文字を、思考を、たとえ話で覆い隠す。そうやって、精製され、ラッピングされた思考は、ちょっと見には何かありそうでも、結局は空虚なものにすぎない。

　純粋で率直な人たちの天真爛漫さに惹かれ、プラス思考の人々が書いたものを読むと、熱狂はしても本質的にそこに便乗はできないだろうという不安でへたり込む。本当の闇を引き受けることもできず、明るい世界に身を投じることもでき

ない。本当は、多くの人に大切にされたいくせに、思いっきり愛してほしいくせに、他人にもとても関心があるくせに、ないふりをする。ふりはふりをつくり、そのふりはまたふりをつくり、そうなると、ふりは自分なのか自分のふりなのか、これは本心なのか濾過された考えなのか区別がつかなくなる。別になんでもないよという精神と、大いに何かがあるという心が、互いに衝突して精神のバランスを狂わせて、狂ったバランスは崩れた表情に表れる。崩れた表情は歪んだ行動に表れる。ひどく捻れてしまった精神と身体をまっすぐにするために、正しさを持ってきて、また積んで、しっかりと積めない城はあちこちが歪んで、また崩れて。

　結局、自由などは得られないという結末を知りながら、意味もなく道に沿って闇雲に歩く。終わりは省略されている。新しい道を作ってみようと、道なきところを彷徨うけれど、一面が深く荒れた砂利の畑はどれだけ歩いても、掘り起こしても、道にならない。そのまま踏みつけられるだけだ。

フィクション

　あの頃、私が持っていた才能というのは、他人の心を掻き
むしることだけだった。暗い夜に浮かぶ灯火のように、私に
は人の弱点がとてもはっきり見えて、それをつかんで攻撃し
て楽しんだ。なんでそんなことをしたのかと誰かに尋ねられ
たら、正確に答えるのは難しいけれど、おそらく私が私自身
をよく知らなかったからだと思う。私が私自身を知らなかっ
たから、世間が知ったかぶりをするのに我慢できず、信じる
ものがある人たちを見ると、息苦しく吐き気をもよおしたの
だ。私は彼らが信じているものの弱点を鬼のように見つけ出
し、こき下ろし、彼らがとまどったり、時には壊れていく様
子に、慰められた。本当にどうしようもない人生だった。

埋める、
埋めておく

　私は本質よりも態度が重要だと思う。いや、態度の中にこそ本質があると思う。とても些細な、なんでもないようなところから本質はにじみ出てくるものだと。だから私は相手の目つきや手ぶり、言葉遣いや動作に集中し、執着する。

　誰かを愛したら問いが多くなる。でも、その問いは、必ずしも言葉にすることでスムーズに表れるとは限らない。時には全身で吐き出すような問いもある。頬杖をついて私の方に向けられた顔、口元に集中する目、うなずく顎の動き、途中途中で聞き返す言葉の濃度。そんな時、私はただ自分自身の話を止めどなく吐き出しながら、なんでもいいから彼の問いに答えさえすればいい、それだけだ。どんな言葉も問いになり、どんな言葉も答えになる関係、何かを無理に問わずとも自然に自分の中にしまい込んだ多くの物語を解き放つことができる相手、止めどなく私の言葉と心を吐き出してしまえる相手。

反対に私たちがのみ込んでしまう多くの問いも思い浮かぶ。誰でも問いかける。そして、問いかけられる。人々は思ったよりも恥ずかしがりやのようだ。全員ではないが多くの人たちが、その瞬間、言葉につまったり、照れくさかったり、あるいは相手が嫌がるかもしれないと、そんな恥ずかしさや自尊心のために多くの問いをのみ込む。友だちは私に質問王というあだ名をつけたが、そんな私だってやっぱり山のようにたくさんある問いの中から、やっとのことでいくつかを選び出しているだけだ。もっと秘めやかな、重みがある、個人的で、幼稚で、ありきたりな問いが溢れるほどあるにもかかわらず。

　だから何を問わずとも、私の中の解答を自然に引き出してくれる人、そして私が問いかけなくても私の頭の中の問いに応答するかのように話す人に会うと嬉しい。私たちはつながっているのだという、ほっこりした気持ちになる。

　そして少しほろ苦い。私たちがのみ込んだ問いはみんなどこに行ったのか？　私たちの心のどこかで散り散りに消えてしまったり、深い海の底に沈んでしまったりするのか？　何がしかの行動や習慣に表れることはないのか？　そこで沈黙している人と深い関係をつくる上での妨げになることはなかったのか？　私はそれが本当に怖い。

ロマンと
冷笑

　私たちはいつも瞬間で全体を判断する。実は本の虫のような人だったとしても、目の前でずっとインスタのフィードばかり読んでいたら、自然とそういう人に見える。だから、好感とか運命とかいうのは、ロマンチックな合理化だ。ただのタイミングにすぎない。私が特別に見えて、あなたが特別に見える、その輝く瞬間に共に出会えるという幸運のみ。それは単なる偶然にすぎない。でも、その美しき偶然が多くの縁を結んでいくのは事実だから、冷笑的になる必要もない。

　何はともあれ、人生はロマンと冷笑を繰り返す。その熱さと冷たさの境界を行き来する時、退屈さは影を潜める。もっとも恐ろしいのは生ぬるい時間だ。熱く感じる暇も冷たく感じる暇もない、もっともぬるくて何も感じられない時間。その時、私たちは死んでいるのも同然なのだ。

死にたいけどトッポッキは食べたい

2020年1月30日　初版第1刷発行
2023年4月30日　　　第18刷発行

著　者　ペク・セヒ
訳　者　山口ミル
カバー・本文デザイン　千葉佳子 (kasi)
発行者　三宅貴久
組　版　萩原印刷
印刷所　萩原印刷
製本所　ナショナル製本
発行所　株式会社　光文社
　　　　〒112-8011　東京都文京区音羽1-16-6
　　　　電話　編集部　03-5395-8172
　　　　　　　書籍販売部　03-5395-8116
　　　　　　　業務部　03-5395-8125
　　　　メール　non@kobunsha.com
落丁本・乱丁本は業務部へご連絡くだされば、お取り替えいたします。

illustrated by @dancing.snail

©Baek Se Hee／Miru Yamaguchi 2020
ISBN978-4-334-95137-5　Printed in Japan